C. M. Hafen

DRACHENFRIEDEN

Das Drachenvolk von Leotrim - Band 3

Roman

O'Connell **Press**

1. Auflage

Sie finden uns im Internet unter www.OConnellPress.de

Titelillustration: © Asmus Koefoed
Umschlaggestaltung: O'Connell Press
Datenkonvertierung: O'Connell Press
Lektorat und Korrektorat: Susanne O'Connell

Karte: © 2015/2016 by Arkadius

Bibliographische Information der Deutschen Nationalbibliothek:
Die Deutsche Nationalbibliothek verzeichnet diese Publikation in der Deutschen Nationalbibliographie; detaillierte bibliografische Daten sind im Internet über http://dnb.dnb.de abrufbar.

Herstellung: BoD, Books on Demand, Norderstedt
ISBN 978-3-945227-62-6

Rastlos

rastlos greifen wir
durch die luft
und erwischen dabei
ein paar worte:

schreiben
weil man nicht fliegen kann

schreiben
und dabei den wind in den flügeln
spüren

Olivia Wartha

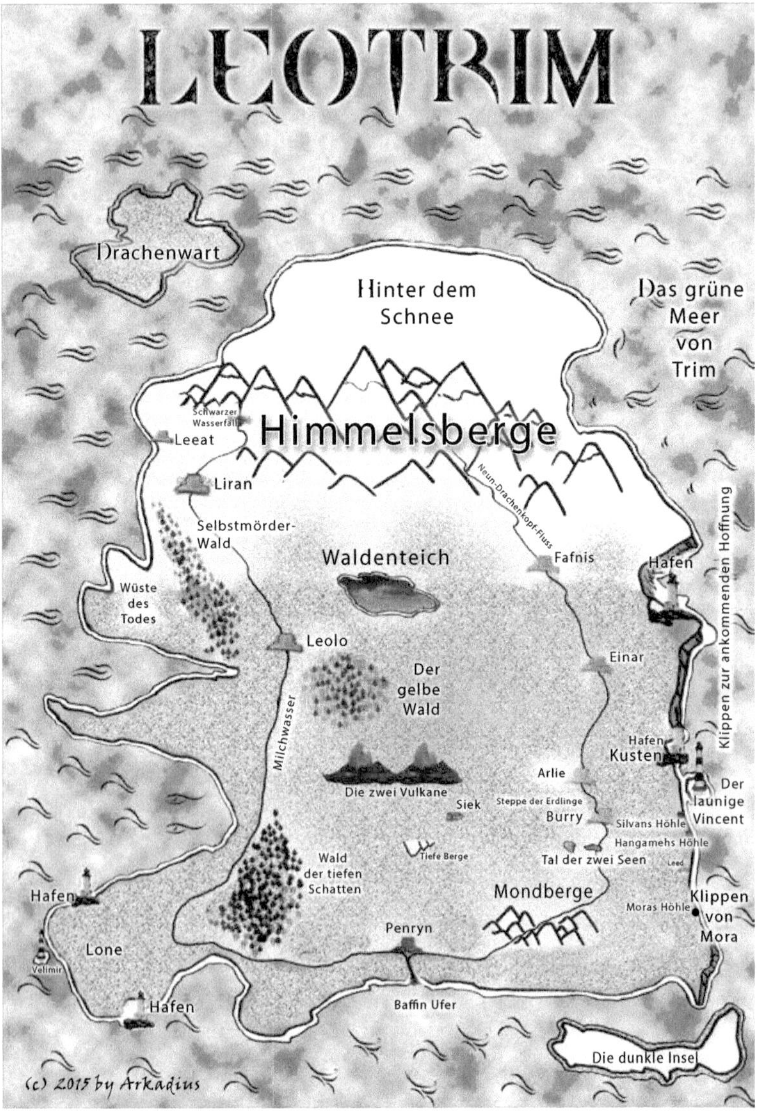
LEOTRIM
Drachenwart
Hinter dem Schnee
Das grüne Meer von Trim
Himmelsberge
Schwarzer Wasserfall
Leeat
Liran
Neun-Drachenkopf-Fluss
Selbstmörder-Wald
Waldenteich
Fafnis
Hafen
Klippen zur ankommenden Hoffnung
Wüste des Todes
Leolo
Einar
Der gelbe Wald
Milchwasser
Hafen
Kusten
Arlie
Die zwei Vulkane
Der launige Vincent
Siek
Steppe der Erdlinge
Burry
Silvans Höhle
Hangamehs Höhle
Tiefe Berge
Wald der tiefen Schatten
Tal der zwei Seen
Leed
Mondberge
Hafen
Moras Höhle
Klippen von Mora
Penryn
Lone
Velimir
Hafen
Baffin Ufer
Die dunkle Insel
(c) 2015 by Arkadius

PROLOG

Ein Menschenherz liegt verborgen unter Rippen und Haut.

Ein Kind kann das Herz seines Smoks nur hören, wenn es sein Ohr auf dessen Brust legt.

Das Herz von Leotrim hat ein Dach aus Schindeln und kleine Füße, es rennt blind hierhin und dorthin, aber es kommt, wenn man es ruft.

Nachts, wenn es sehr still ist, kann man es im Takt der Welt schlagen hören.

Hangameh stand an der Küste, mit dem Rücken zum Meer. Sonst sah sie immer in die andere Richtung. Heute nicht. Ihre Wangen glühten, der Wind zerzauste ihr Haar. Selbst die eine, geflochtene Strähne löste sich.

Sie flüsterte »Yari, komm zu mir« in den Wind und wartete.

NEUE ALTE NARBEN

Ambro betrachtete im Kerzenschein seinen schlafenden Smok. Norwins Körper hob und senkte sich, sein Atem ging ruhig und gleichmäßig. Es war tiefe Nacht, alle schliefen, Stille umgab ihn und gleichzeitig nicht. Der Raum war erfüllt von tiefen Atemzügen, leisem Schnarchen und dem Geraschel der Nestdecke eines unruhigen Schläfers. Ambro berührte mit den Fingerspitzen Norwins Wunde. Melih Dor hatte die Fäden am Nachmittag gezogen. Ambro strich mit dem Zeigefinger vorsichtig die verkrustete Schnittlinie der Verletzung entlang und berührte dann mit der Fingerkuppe alle Einstichlöcher, die Melih Dors selbst gefertigte Knochennadel hinterlassen hatte. Sechs Löcher. Ambro konnte mit einer Hand nicht alle bedecken. Doch die Narbe verschwand unter seiner Handfläche.

Smilla hatte die Haut eines Drachen mit Fingernägeln verglichen. Damals, als Ambro wegen der Verbindungszeremonie so aufgeregt gewesen war. Ambro schüttelte leicht den Kopf angesichts seiner dummen Angst von damals. Als wäre das schon viele Sonnenwenden her.

»Die Haut eines Drachen ist sehr robust, die hält schon was aus«, hatte sie gesagt und übermütiges, wildes Spielen gemeint. Ambro erinnerte sich an einen Nachmittag, sein Vater und Aidar rauften miteinander außerhalb des Dorfes, auf einer Wiese wälzten sie sich wie kleine Kinder im Gras, schnappten nach- und purzelten übereinander. Aidar lag auf dem Rücken, während Olafur ihm den Bauch kitzelte. Der Drache bekam Schluckauf davon, rauchige Stichflammen schossen aus seiner Nase. Olafur lachte.

Als sie endlich mit ihrem Spiel fertig waren, als sie sich beruhigt hatten, musste Olafur von Smilla behandelt werden. Er hatte aufgeschrammte Knie, eine Schürfwunde an der Schulter, sein Ohr war verbrannt, ihm fehlte die linke Augenbraue, die versengten Haare stanken fürchterlich. Ambro versteckte sich, weil er einen Moment lang dachte, Aidar wäre von Sinnen, er wäre in einem Gewaltrausch auf den Vater losgegangen. Dabei war er nur stärker. Olafur lag am Schluss unten, verletzt, keuchend, Aidar presste seinen Körper auf den seines Broders, drückte ihn zu Boden. Ambro hörte und verstand nicht, was der Drache sagte, schließlich sprach er mowarisch und zu Olafur.

»Hör auf, mich zu kitzeln, sonst beiß ich dir ein Ohr ab. Willst du das? Ich bin viel stärker als du.«

»Nein, bist du nicht!«

»Doch. Ich könnte dich in Stücke reißen.«

»Aber das willst du nicht!«

»Nein, das will ich wirklich nicht.«

Smilla ging dazwischen.

Schließlich saß Olafur am heimischen Feuer, Aidar blieb, wie es die Regeln der Gemeinschaft vorsahen, bei den Feuerdrachen, außerhalb des Dorfes, wo er niemanden mit seinem Feuer gefährden konnte. Olafur grinste verschmitzt und war so gut gelaunt wie selten. Was wusste Ambro denn von Drachenhumor? Er hatte eine wilde Rauferei gesehen. Seine Mutter, die sonst nie laut wurde, schimpfte den ganzen Abend lang. Ambro betrachtete staunend das Schauspiel. Smilla säuberte Olafurs Verletzungen, legte ihm einen Verband an und schimpfte dabei so laut, dass die Nachbarn angelaufen kamen, um zu fragen, was denn los sei. Sie schlug einer der Hennen den Kopf ab und zeterte weiter, bereitete aber gleichzeitig ein Abendessen zu, als gäbe es etwas zu feiern. Sein bester Freund Jori gesellte sich zu ihm, fragte ihn mit den Augen: ›Weißt du, was hier los ist?‹ und Ambro schüttelte stumm den Kopf. Sie versteckten sich im Geäst des Lindenbaums und belauschten die Gespräche. Alle schienen einen unheimlichen Spaß daran zu haben, dass sein Vater so aussah, als wäre er vom Lindenbaum direkt in die Feuerschale gefallen.

Smilla schimpfte sogar noch, als sie ins Nest gingen. Ambro hörte die Stimme des Vaters im Dunkeln.

»Nun hör doch auf. Wir haben Spaß gemacht!«

»Dein Ohr ist schwarz!«

»Das war keine Absicht, er hatte Schluckauf.«

»Ich mochte dich lieber, als du noch zwei Ohren hattest.«

Olafur lachte schallend. Ambro hörte ihn, er lag in seinem eigenen Nest, oben im Baumwipfel.

»Verlässt du mich jetzt?« Olafur hatte leise gesprochen, Ambro konnte nicht mehr hören, was seine Mutter antwortete. Ihr Flüstern ging in ein Kichern über.

Am nächsten Tag, Olafur hatte sich schon auf den Weg zum Backhaus gemacht, da trödelte Ambro, um die Mutter noch etwas fragen zu können.

»Warum haben sie denn gestritten, gestern?« Er hatte leise gesprochen, so wie man nach einem Geheimnis fragt.

Smilla lächelte. »Sie haben nicht gestritten, das war Spaß«, sagte sie. »Manchmal versuchen sie herauszufinden, wer der Stärkere ist.« Ambro verstand nicht. Warum war das wichtig?

»Aber Papa ist ganz wund überall und Aidar nicht.« Ambro setzte das einfach voraus, ohne es besser zu wissen.

»Aidar ist ein Drache. Seine Haut ist ... Na ja, wie deine Fingernägel. So leicht verletzt du einen Drachen nicht.« Über seine Flügel hatte sie kein Wort verloren.

Ambro dachte darüber nach, während er die Narbe von Norwin berührte. Heute wusste er einiges mehr über Drachen, über Verletzungen, über Stärke. Er hatte Aidar damals nicht angeschaut, ihn nicht gefragt, ob er auch Blessuren davongetragen hatte. Vielleicht wäre Ambro von Aidars Antwort überrascht gewesen, wenn er sich die Mühe gemacht hätte, ihn statt seine Mutter zu fragen, was das alles sollte. Heute war er sich sicher, dass seine Mutter auch Aidars Wunden versorgt haben musste.

Ambro versuchte, sich Aidar als Toddler vorzustellen, als kleines Drachenkind, das darauf wartete, von seinem Vater abgeholt zu werden. Feuerbringer. Vielleicht sagte die *Mutter aller Wasser* gleich nach dem Schlüpfen zu ihm: *»Du darfst kein Feigling sein!«*

Ambro hatte erlebt, wie sich die älteren Jungen im Dorf miteinander maßen. An der Schaukel auf dem Dorfplatz, mit Mutproben in der Winterstatt und kleinen Wettkämpfen. Ihn hatte das nicht interessiert. Trotzdem hatte er Dinge gehört wie ›Ein Drache kennt keinen Schmerz‹ und gleich gewusst, dass es Unsinn sein musste. Ihm war das nie passiert. Keiner hatte ihn je zu einer Mutprobe herausgefordert, zum Kampf oder zum Tauchen im tiefschwarzen See der Winterstatt. *Dafür war ich noch zu klein,* dachte Ambro. *Wenn ich länger in der Schule gewesen wäre, hätte ich das bestimmt auch machen müssen.*

Ambro erinnerte sich an Jori. *Wie lange habe ich nicht an ihn gedacht?,* fragte er sich. Sein bester Freund war immer viel vorsichtiger als er und ermahnte ihn oft auf seine altkluge Weise: »Dieser Gang ist gesperrt. Da darfst du nicht rein. Wenn Hipp dich erwischt, kriegst du Ärger.« Ambro lächelte beim Gedanken daran. Wann immer er konnte, entwischte er Hipp, erkundete Gänge und Tunnel, ob Jori ihm folgte oder nicht.

Vielleicht machen das die Toddler in den Himmelsbergen auch, nur auf Drachenart? Um die Wette fliegen, rennen, tauchen. Wer war mutig, wer hielt die Kälte in der Tiefe aus? Ambro überlegte, ob Norwin in den Himmelsbergen geschont worden war wegen seines Flügels.

Erst jetzt, in der Höhle von Melih Dor, wurde Ambro klar, dass sein Vater nur halbherzig, nicht mit Wut, nicht mit dem Willen zu gewinnen gegen Aidar gekämpft hatte. Keiner seiner Schläge war gegen die Flügel gerichtet gewesen. Der Versuch, einen Drachen in den Schwitzkasten zu nehmen, mochte lustig anzusehen sein und Faustschläge, selbst leichte Boxer gegen die Brust, nur ein Spiel. Eines, wie es übermütige Drachen in den Himmelsbergen miteinander spielten, um sich anschließend einreden zu können, keine Angst vor Schmerzen zu haben. Das mochte alles so sein.

Aber Zerfass hatte ein Messer gehabt. Eines, das er nicht nur zum Äpfel-Zerteilen nutzte. Die Haut eines Drachen mochte robust sein, aber ein Messer prallte nicht ab. Ein Messer schnitt eine Schuppe oder auch mehrere entzwei. Sein Name stand immer noch da – in Norwins Nacken.

Ambro fragte sich, ob es von Bedeutung wäre, wenn Zerfass die Schuppe mit seinem Namen erwischt, wenn er *Am-bro* entzwei geschnitten hätte. Könnte ein Messer ihre Verbindung trennen?

Ambros rechte Hand lag auf dem Rücken seines Smoks, seine linke auf seinem eigenen Bauch, als könnte er nur durch die Berührung seinen aufgebrachten Magen besänftigen. Er zählte beim Einatmen und auch beim Ausatmen auf vier, um sich selbst zu beruhigen.

Schließlich betrachtete er seine Hände. Wenn ein Messer durch seinen Finger schneiden würde ... Durch die Haut, durch die Fingernägel. Er wäre immer noch er. Eine Hand mit vier Fingern wäre immer noch eine brauchbare Hand. Wenn er statt einem Finger eine ganze Hand verlieren würde, er wäre immer noch er.

»Ich habe zwei Hände«, flüsterte er. »Ich könnte immer noch arbeiten, schreiben.«

Das Schreiben war wichtig. Seit dem Angriff dachte er immer wieder über die Bedeutung von geschriebenen Wörtern nach. Damals trug er seine Notizen in einem Beutel um den Hals, immer bei sich, er konnte nachschauen, was er erlebt, gedacht, gefühlt hatte. Dann war die Sache in Leed passiert. *Wenn man etwas aufschreibt, kann man es auch wieder durchstreichen.* Dadurch wurden die Dinge, die passiert waren, nicht ungeschehen gemacht, aber sie verloren ihre schwere Bedeutung. Ambro schnitt den Namen eines Mannes aus der Chronik heraus – einem Bauchgefühl folgend. Dieser Mann hatte anderen Leid zugefügt, seinem Sohn und seinem Smok. Seitdem hatte Ambro etwas verloren. Mehr als seine Notizen, seine Wörter. Zerfass und seine Männer waren ihnen gefolgt, hatten sie angegriffen und irgendwo in diesem Gerangel, Ambro konnte nicht sagen, wann es passiert war oder wer es getan hatte, riss ihm jemand den Lederbeutel vom Hals. Vielleicht war es sogar Nilofar gewesen, die ihn von diesem schrecklichen Ort fortgezerrt hatte. Ambro konnte es nicht sagen. Später, in der Höhle, als Nilofar ihn in Sicherheit gebracht und ihr Vater Norwins Verletzung versorgt hatte, bemerkte er schließlich die Wunde. Das schmale Lederband hatte eine Schürfwunde im Nacken hinterlassen. Ambro tastete nach seinem Beutel unter dem Hemd, nach seinen Notizen, aber sie waren nicht mehr da.

Ambro dachte über seine Wut nach. Norwin schien nicht wütend zu sein. Nicht wütend genug, für das, was passiert war. Der Lehrer Pan Domdar hatte ihn von der obersten Plattform der Schule geworfen. Zerfass hatte ihm ein Messer in den Rücken gestochen. Ambro war unversehrt. Er hatte es geprüft, aus Neugier. Sollte seiner Rechten je etwas passieren, so konnte er auch mit der linken Hand schreiben. Nur Druckbuchstaben und nicht besonders schön. Eine Schreibschrift, eine schöne Handschrift wie die seiner Mutter, würde er wohl nie hinbekommen, weder mit links noch mit rechts. Aber er konnte schreiben. Seinen Zweck erfüllen. Der Chronistin nützlich sein. Mit einer Hand konnte man immer noch Namen aus Seiten herausschneiden und verbrennen. Ambro hatte in letzter Zeit viele Zettel mit dem Namen ›Zerfass‹ verbrannt. Nutzloses Papier. Und er hatte der Chronistin geschrieben. Zum ersten Mal.

Wenn ihm jemand die rechte Hand nähme, wäre er noch er selbst. Doch er fragte sich, was der Schmerz mit ihm machen würde. Dachte Norwin an Rache? Dachte er daran, einem Mann, der Drachenflügel mit einem Messer zerschnitt und Schuppen entzwei teilte, Gewalt anzutun?

Die Wunde heilte. Die Fäden waren gezogen. Sechs kleine Kreise und ein schwarzer, krustiger Strich zeugten noch davon, was passiert war. Die Kreise mochten ganz verschwinden. Die Narbe, die Ambro mit seiner Handfläche bedecken konnte, mochte verblassen. Er war sich aber nicht sicher, ob er je vergessen könnte, was Zerfass getan hatte.

Warum bist du nicht wütend?, dachte Ambro.

Der Drache antwortete mowarisch. Leise und gefasst.

»Weil wir quitt sind.«

Ambro erschrak nicht. Dieses Mal nicht. Norwin war erwacht und hörte seinen Broder, spürte, was er meinte, und tat, was er immer tat. Er antwortete in diesen Gefühls- und Gedankenstrom hinein. Ambro nahm die Hand weg.

Sie waren sich, unausgesprochen, einig, dass Zerfass noch lebte. Norwin hatte sich gewehrt, hatte Zerfass gebissen, seine Hand abgetrennt. Sie hatte Böses getan und Norwin hatte sie abgebissen. Aber Zerfass war immer noch Zerfass.

»Vielleicht verändert der Schmerz ihn«, sagte Norwin.

»Hast du dich verändert?«

Norwin dachte darüber nach. Sein Atem ging immer noch ruhig, gleichmäßig. Er ließ seine Augen geschlossen. Er musste sich nicht bewegen, er musste nicht sehen, um mit Ambro reden zu können.

»Ich glaube, ich bin noch ich«, sagte der Drache. Er konnte Ambro nicht erklären, was da mit ihm passiert war. Ein alter Drache in ihm, größer, wütender, weiser, war nach vorn getreten, hatte sein Handeln übernommen, ohne zu fragen, ohne zu denken, das war Norwin in Gestalt eines alten Instinkts. Norwin spürte, dass da viele Drachen viele Kämpfe vor ihm ausgefochten hatten und

für ihn die Entscheidung trafen, zu kämpfen, anzugreifen und darüber hinaus klarzumachen: *Noch mal machst du das nicht mit mir.* Zerfass musste zusehen, wie Norwin seine Hand fraß, und Norwin würde sich ein Leben lang an diesen Geschmack erinnern. Ob das Rache war, konnte Norwin nicht sagen. Er war ein Drache. Auch in den Himmelsbergen wurden abends Geschichten erzählt, über vorher Dagewesene. *Vielleicht,* dachte er, *habe ich eine alte Seele.*

»Bist du wütend auf Pan Domdar?« Ambro betrachtete immer noch seine Fingernägel. Er stellte sich vor, wie ein Messer nicht abglitt, sondern seinen Finger teilte. Schmerzhaft teilte.

»Es tut weh. Viel weher, als du dir vorstellen kannst.«

Ambro schluckte schwer. Sein Hals tat weh. Und sein Herz. Seine Finger nicht. Seine Hände waren makellos, seine Arme gesund und ohne Narben. In seinem Nacken stand der Name seines Smoks und obwohl sie verbunden waren, obwohl sie ihre Gedanken teilen konnten, wusste Ambro nicht, wie sehr es schmerzte, wenn ein Messer durch Haut schnitt. Völlig einerlei, ob Menschen- oder Drachenhaut. Ambro wusste nur, sein Herz war nicht robust. Es war klein und schutzlos und seine dünne Haut reichte einfach nicht aus.

»Pan Domdar hat was Schlechtes gemacht. Er hat einen guten Kern.«

»Und Zerfass nicht? Ist das der Unterschied?«, fragte Ambro mit belegter Stimme.

»Ja, vielleicht«, sagte Norwin und blies die Kerze aus.

***

Sie entschlossen sich, bei Melih Dor zu bleiben, vorerst. Norwin musste gesund werden, zu Kräften kommen. Er verließ die Höhle tagsüber. Er war nicht auf der Suche nach Zerfass. Im Gegenteil. Ihn trieb etwas anderes in die Kälte der Spättage hinaus. Als er aus Einar geflohen war, mit Ambro auf seinem Rücken, war ihm etwas klar geworden. All seine Drachenbrüder, all seine Drachenschwestern, die fliegen konnten, mussten ein Menschenleben tragen können. Sie mussten stark und kräftig sein, sie durften ihren Broder, ihre Siostra nicht fallen lassen – mitten im Flug. Norwin fragte sich, ob die Flieger das Fliegen üben mussten, die Schwimmer das Schwimmen, die Erdlinge das Tunnelbauen. Ob irgendeiner seiner Drachengeschwister Höhenangst hatte. Wann war hoch endlich hoch genug? Mussten sie sich überwinden? Allen Mut zusammennehmen, über eine Klippe springen und darauf vertrauen, dass der Wind sie trägt? Sein Flügel war deformiert. Er konnte nicht fliegen, daher hatte er nie darüber nachgedacht. Er konnte nicht fliegen, aber er konnte laufen.

Als sie zu ihrer ersten Reise aufgebrochen waren, hatte er bemerkt, dass er schneller laufen konnte als Ambro. Er hatte sich zurückgehalten, regelrecht versteckt. Er entdeckte für sich diese Gangart, nah am Boden, für ihn sehr bequem, eine schnelle, flüssige Bewegung. Nilofar, die Tochter des Imkers, brachte ihn schließlich auf eine Idee. Sie schien wie die Sehne ihres Bogens immer unter Spannung zu stehen, jederzeit bereit, einen Pfeil loszuschicken, in sein Ziel. Sie übte viel, ging nirgends ohne ihren Bogen hin, ihre Augen und Ohren waren Pfeile im Flug. Sie konnte schnell einen Hasen erlegen und im Gehen trotzdem noch nach Hagebutten greifen und sie in ihre Umhängetasche stecken. Sie ging nie langsam, nie gemütlich, sie schien immer bereit, zu springen, zu laufen, zu schießen. Dementsprechend hatte sie überall blaue Flecken und Schrammen. Trotz ihrer Schutzkleidung. Nilofar störte sich nicht daran.

So verließ Norwin die Höhle nicht in Richtung Einar. Diesen Weg würde er irgendwann einschlagen, das wusste er. Aber nicht jetzt. Anfangs hatte er Sorge, dass seine Wunde aufbrechen könnte, wenn er sich zu sehr anstrengte. Ein ständiger Schmerz, ein Kribbeln unter der Haut erinnerte ihn jeden Augenblick daran, dass er noch nicht der Alte war. Er begann seine Laufübungen in einem gemächlichen Wippschritt, von Sonnenaufgang bis mittags. Wenn die Sonne am höchsten Punkt stand, kehrte er um. Nach und nach beschleunigte er sein Tempo, weitete seine Strecken aus. Er wollte wie Nilofar jederzeit bereit sein. Er wollte schnell reagieren können. Da er keinen anderen Drachen fragen konnte, wie man ein guter Läufer wurde – Nilofars Drachin Fujo kämpfte mit ihrer Größe und mit ihren Flugkünsten und hätte selbst ein paar Tipps gebrauchen können – studierte er andere Tiere, wie sie es machten. Erst lief er der Katze hinterher, die um die Höhle herum dafür sorgte, dass die Mäuse nicht an die Vorräte gingen. Dann, während seiner ausgedehnten Streifzüge, entdeckte er eine Herde Wildpferde. Gedrungene, dunkelbraune Pferde mit schmutziger, wilder Mähne. Ambro hätte gezählt, wie viele Tiere es waren, doch Norwin machte sich davon keinen Begriff. Es waren mehr, als er zählen konnte, es war ihm auch einerlei. Sein Augenmerk lag auf etwas anderem. Sie schienen ihm besser geeignet, um von ihnen zu lernen, schließlich wollte er nicht leise vorankommen, sondern schnell. Er beobachtete, wie sie an Flüssen und kleineren Seen mit den Hufen ins Wasser schlugen. Norwin verstand, dass sie auf diese Weise prüften, ob irgendetwas im Wasser war, das ihnen gefährlich werden könnte. Er hielt Abstand zu ihnen, seine Anwesenheit schien sie nervös zu machen. Manchmal, wenn der Wind drehte und sie gewahr wurden, dass er näher war, als sie es zulassen wollten, rannten sie davon, ein Ruck ging durch die Gruppe. Aber sie rannten nicht gehetzt, nicht in panischer Angst, sie brachten einfach mehr Raum zwischen sich und ihn. Bald grasten sie wieder, zuckten mit den Ohren und alles schien friedlich. Norwin bewunderte ihre Aufmerksamkeit, gleichzeitig diese Gelassenheit. Sie wussten immer, wann er da war und ließen ihn nicht aus den Augen.

Sie rannten nie lange, Norwin erschienen sie wahnsinnig faul. Also preschte er eines Abends zwischen sie, erschreckte sie zu Tode und sah ihnen zu, wie sie in alle Himmelsrichtungen davonstürmten. Norwin war beeindruckt, wie ihr Instinkt aus ihnen herausbrach, plötzlich und kraftvoll. Wie schnell sie sein konnten, wenn sie mussten. Er wiederholte seinen Angriff an anderen Tagen nochmals. Doch auch daran gewöhnten sie sich, ihre Flucht schwächte sich ab, so als wüssten sie schon, dass er ihnen nichts tat, aber das Weglaufen war Pflicht. Norwin hatte genug gesehen.

Er konnte bei ihnen drei Geschwindigkeiten ausmachen. Der langsame Schritt, gemächlich, der etwas schnellere Zwei-Takt und der Drei-Takt. Für Norwin klang der Drei-Takt wie Musik. Eine Trommel auf Gras. Dabei hatten sie vier Beine, dennoch hörte er dieses dumpfe, gewaltige Ba-da-bapp. Ba-da-bapp. Er sah die Schwebephase, wenn alle vier Beine in der Luft waren, es sah anmutig aus und stark. Er übte so lange, bis er es beherrschte, bis sein Schritt genauso klang.

Er ließ sich von Nilofar einen Beutel fertigen, mit Schnüren daran. Sie stellte keine Fragen und nähte ein altes Hemd ihres Vaters unten zu, füllte es dann mit Steinen und schloss auch die Halsöffnung. Dieses Hemd band sie ihm morgens, noch vor Sonnenaufgang auf den Rücken, sorgsam darauf bedacht, das Gewicht nicht genau auf seine entstehende Narbe zu legen. So rannte er los, die Wildpferde nachahmend, er wollte wissen, wie lange er mit dem Gewicht auf seinem Rücken laufen konnte.

***

Ambro nahm schweigend hin, dass Norwin jeden Tag die Höhle verließ und erst spät wiederkam. Dass er müde und schweißnass zurückkehrte. Er bemerkte, wie das Himmelblau seines Smoks dunkler wurde, wie sein Federkleid am Rücken und an seinen Flügeln dicker und dichter wurde. Der Drache fraß jeden Tag mit großem Appetit und er wuchs. Ambro konnte ihm dabei zusehen, wie er an Masse zunahm. Er hielt sich nicht an die Regeln der Spättage: Schonung. Die Vorräte, Korn, Kartoffeln, Äpfel, eingelegtes Gemüse und Trockenobst, mussten bis zu den Frühtagen reichen. Da er kein Fleisch mehr anrührte, beäugten alle anderen Bewohner der Höhle die Portionen, die Norwin erhielt und ob er wohl mehr bekam, als ihm zustand. Da Norwin jede Mahlzeit zu brauchen schien, tauschte Ambro oft sein Trockenfleisch gegen Honig oder Insekten ein und auch Nilofar und Melih Dor legten immer wieder Nüsse oder eine Scheibe Brot, auf die sie verzichten konnten, ohne Hunger leiden zu müssen, in sein Nest.

Ambro fragte nicht, was Norwin trieb. Er war zu sehr mit sich beschäftigt. Zerfass und seine Schergen hatten ihm sein Salz gestohlen. Salz, das er jetzt gebraucht hätte, um sich Leder, Leinen und Pelz zu kaufen. Es wurde immer kälter, aber er lief noch in den Sachen herum, die seine Mutter ihm für die Sonnentage gefertigt hatte. Nun benötigte er neue Schuhe, eine neue Hose, einen Mantel, der ihn warm hielt, auch wenn der Schnee hüfthoch lag. All seine Dunkel-Sachen lagen in einer Truhe in Burry. Weit weg. Er dachte an seine Mutter, wo sie wohl war? An den Vater, an sein Zuhause, sein Nest im Baumwipfel.

Melih Dor hatte schlichte Worte für seine Situation. »Du wirst arbeiten und dir verdienen, was du benötigst. Wie alle anderen auch.«

Ambro hatte ihn verständnislos angestarrt.

»Keine Sorge«, sagte Melih Dor, der meinte, das Problem zu kennen. »Ich werde dir zeigen, wie man näht. Hose, Schuhe, Mantel. Das ist nicht schwer. Du wirst sehen.«

Das war wirklich nicht schwer, das wusste Ambro. Schließlich war er kein verwöhnter Fratz, dem man zu Hause alles hinterhergetragen hatte. Aber seine Kleidung war seine letzte Verbindung zu seiner Mutter. Das letzte Stück Heimat, das er noch besaß. Das wollte er nicht aufgeben. Aber er tat, was von ihm verlangt wurde. Widerwillig.

Nilofar hielt ihm immer einen Platz an der Feuerschale frei, sie wärmte ihm die Hände, wenn er von draußen hereinkam, mit blauen Lippen, zitternd und mit nassen Schuhen, und nickte stumm, wenn er sagte: »Ich brauch keine neuen Sachen, so kalt ist es noch nicht.«

Erst als er mit Fieber in seinem Nest lag, mit Wadenwickeln und Hühnerbrühe gepflegt werden musste, gab er nach und zog seine neue Kleidung an. Seine Mutter hätte alles scheußlich und schlecht verarbeitet gefunden, aber es musste so gehen. Er trug nun einen dunkelblau gefärbten Mantel aus gefilzter Schafwolle, braune Hosen mit Schnürung an den Beinen und kniehohe Stiefel. Melih Dor hatte ihm ein altes Hemd mit hohem Kragen von sich geschenkt. Es war zu groß und roch nach altem Bienenwachs. Als Nilofar anbot, ihm die Haare zu schneiden, weigerte er sich. Seine blonden Locken lagen auf seinen Schultern. Wenn jemand seine Haare kürzen durfte, dann nur seine Mutter.

***

Eines Abends holte er das Bündel, das Nilofar ihm nach dem Angriff wieder gegeben hatte, hervor. Ein paar zerbrochene Stifte und die kläglichen Reste seiner Notizen, nass gewordene Fetzen Papier, die Nilofar für ihn eingesammelt hatte. Und das Messer mit dem Rosenholzgriff. Das Messer hatte Norwin verletzt. Nein, Zerfass hatte Norwin verletzt – mit Ambros Messer. Schweren Herzens kürzte er selbst ein paar seiner Locken, sie hingen ihm so tief ins Gesicht, dass er nichts mehr sehen konnte. Dann steckte er es wieder in den ledernen Schaft und befestigte es an seinem Gürtel. Es war nur ein Messer. Und er musste Äpfel zerteilen und seinen Smok füttern. Irgendwann würde Norwin auch wieder Fisch essen. Das Messer war ein Geschenk seines Vaters gewesen. Es war immer noch seins. Ambro war klar, dass er beim Anblick der Schneide immer und immer daran denken würde, was passiert war. Aber das wollte er auch nicht vergessen. Dieses Unrecht.

Ambro wusste, dass ihm ein neuer Aufbruch bevorstand. Bis dahin machte er sich nützlich. Seinen Mitbewohnern zeigte er, wie man blaue Tinte herstellte, Papier schöpfte und einen Bleistift goss. Etwas, das er und sein Vater sich ausgedacht hatten. Auch beim Kornmahlen und Brotbacken packte er kräftig mit an, es sollte keiner auf die Idee kommen, er wäre nicht der Sohn seines Vaters.

Norwin und Ambro sprachen wenig miteinander, verfielen jeder in seinen geschäftigen Alltag. Das Fest der Wintersonnenwende rückte immer näher.

***

Nilofar musste niemand mehr sagen, was sie zu tun hatte. Sie erledigte ihre Aufgaben gewissenhaft, leitete die jüngeren Kinder an und half, wo sie gebraucht wurde. Sie wusste, dass die beiden Drachenbrüder sie musterten, jeden Schritt beäugten, den sie tat. Ihr Vater Melih Dor hatte ihr schon früh beigebracht, was Verantwortung bedeutete. Gerade weil sie das wusste, verschwieg sie ihrem Vater, was sie vorhatte. Es war abgemacht, seit dem Abend, als sie Ambro die wilden Drachen gezeigt hatte: Sie würde ihren Vater und die Gemeinschaft verlassen, die sie hier in dieser Höhle, abseits von Einar, bildeten. Sie wollte mit Ambro und Norwin mitgehen, auf Ambro achtgeben, der eine Aufgabe hatte, der die *Mutter aller Wasser* sprechen musste. Einer wie Ambro war klug, einer wie er würde eine Lösung finden, die geschundenen Drachen zu befreien, die Zerfass zwang, in einer Arena gegeneinander anzutreten. Bis es so weit war, tat sie, was sie konnte. Morgens, im ersten Sonnenlicht, machte sie ihre Schießübungen. Nicht, dass sie es nötig gehabt hätte, zu üben, sie war eine hervorragende Bogenschützin. Sie wollte, dass Ambro sie sah, sie wollte es ihm beibringen. Deshalb stellte sie ihre alte Zielscheibe wieder auf, eine runde Holzplatte, in deren Mitte sie ein schwarzes Kreuz gemalt hatte und übte erst aus kurzer Distanz, um jeden Tag einen Schritt weiter wegzugehen. Schließlich band sie ihre Zielscheibe mit einem Seil an einen dicken Ast wie eine Schaukel und ließ die jüngeren Kinder das Holzbrett anstoßen. Manchmal schoss sie einen Pfeil vorbei, aber nur selten. Die Kinder waren begeistert und schrien nach weiteren Vorführungen ihrer Kunst. Nur Ambro verlangte nicht nach mehr. Nilofar war enttäuscht, dass er nicht zu ihr kam und sie bat, ihm Unterricht zu geben.

Mittags zog sie los, um zu jagen. Sie hatten zwar Vorräte in der Höhle, doch wurde jeder Fang von ihr, Hase oder auch Fisch, mit großem Hallo begrüßt. Jede Wildkräutersuppe wurde erst durch ein bisschen frisches Fleisch zu einer richtigen Mahlzeit. Nilofar beherrschte auch das Winterangeln, doch war es zumeist Aufgabe der Drachen, ins eisige Flusswasser zu steigen und ihren Beitrag zur Ernährung der Gemeinschaft zu leisten.

In den Abendstunden half sie ihrem Vater mit den Bienen. Erst hier zeigte Ambro endlich Interesse.

Der erste Schnee fiel und der Bestand der Bienen hatte sich seit den Sonnentagen halbiert. Melih Dor warf jeden Tag eine Handvoll toter Bienen ins Feuer. Das war keine kaltherzige Geste. Im Gegenteil. Mit dieser Feuerbestattung machte er sie beinahe zu Familienmitgliedern. Melih Dor trauerte um jede einzelne von ihnen und spielte seine Trommel, mit leisen, sanften Tönen. Mit den Fingerspitzen berührte er die Fellbespannung, mit dem Handballen den Rand der Trommel, leichte und schwere, dumpfe Rhythmen wechselten sich ab. Andere Bewohner der

Höhle fielen mit ihren Ratschen ein ... *Holosch* holt auch die Kleinsten.

»Im Tod sind wir alle gleich«, sagte Melih Dor leise.

»Was passiert mit ihnen? Wieso sterben so viele?«, fragte Ambro sichtlich besorgt.

»Sie machen ihre Winterruhe«, erklärte Melih Dor. Ambro war diese Antwort nicht genug.

Melih Dor dachte lange nach, Ambro wusste schon einiges über Bienen, dennoch war ihm wichtig, dass sein neuer, kleiner Schützling begriff, was es mit diesen Tieren auf sich hatte. Melih Dor wollte all sein Wissen weitergeben. Aber er war es nicht gewöhnt, Fragen zu beantworten, wie Ambro sie stellte. Sonst saß er am Feuer und hielt Vorträge. Er wurde nicht unterbrochen, konnte vor der Gemeinschaft gewissenhaft seine Gedankenketten ausbreiten, wie man ein Schmuckstück herzeigt.

»Hör zu«, sagte er schließlich und spreizte die Finger, als hielte er einen großen, runden Bienenstock in Händen. Ambro hing ungeduldig an seinen Lippen.

»Da ist die Königin«, sagte Melih Dor und schüttelte den Kopf. All seine Bienen waren in ihrem Bienenstock und Ambro konnte sie darin nicht sehen. Nur hören. Er ging seine Erklärungen ganz falsch an, fand er und verstummte wieder einige Augenblicke lang. Die Bienenkästen standen alle in der Nähe des Höhleneingangs, dort war die Temperatur beständig. Tiefer in der Höhle, mit all den Menschen, den Drachen und dem Feuer, das immer brannte, wären sie nur verwirrt. Beim Höhleneingang war es kalt, aber sie waren wind- und regengeschützt. Melih Dor stand oft vor den Kästen und lauschte ihrem Gesumm. Er widerstand dem Drang, den Deckel zu öffnen und ihnen zuzusehen, seinen Damen. Sie bildeten dieser Tage eine Wintertraube, rückten eng zusammen und wechselten laufend ihre Plätze. Die ausgekühlten Bienen retteten sich ins Innere, die aufgewärmten übernahmen den Platz außen. So überlebten sie.

Hier, tief in der Höhle, war nur das Knistern des Feuers zu hören. Kein Gesumm. Melih Dor mochte diese Ruhe nicht. Es kam ihm vor, als könnte er ohne das Gesumm seiner geliebten Damen nicht richtig denken. *Wenn ich dem Jungen nur begreiflich machen könnte, was die Damen Großartiges leisten,* dachte Melih Dor. *Bei allen Lichtern, so kompliziert ist es doch nicht.*

»Es gibt zwei Sorten, die Arbeiterinnen und die Drohnen«, half Nilofar.

»Arbeiterinnen sind weibliche Bienen«, sagte Ambro und lächelte.

»Genau und Drohnen sind männliche Bienen. Die Königin legt alle Eier, aber sie befruchtet nicht alle. Aus den unbefruchteten Eiern schlüpfen die Drohnen.«

»Das weiß ich doch«, sagte Ambro. »Ich will wissen, warum sie sterben. Bald ist keine mehr übrig, wenn das so weitergeht.«

»Nein, so ist das nicht. Es werden während der Dunkeltage nur nicht so viele gebraucht.«

Ambro runzelte die Stirn. Er meinte, verstanden zu haben, aber das gefiel ihm gar nicht.

»Die Königin fliegt ein einziges Mal mit mehreren Drohnen, ein solcher Hochzeitsflug reicht für ein ganzes Königinnenleben aus. Die Drohne, mit der sie geflogen ist, stirbt dann.« Melih Dor hatte die Hände immer noch flehentlich erhoben, als wollte er Ambro durchschütteln und ihm sein Wissen in den Körper hineinschütten. Ambro legte den Kopf schräg und kniff die Augen zusammen.

Sie saßen am Feuer, es war bald Zeit für das Nest. Die jüngeren Kinder warteten darauf, dass Melih Dor ein Buch auswählte und ihnen noch vorlas.

»Die Königin legt jeden Tag ihre Eier, entscheidet, welche sie befruchtet und welche nicht. In der dunklen Zeit stellen die Bienen die Brutpflege fast ein. Es werden also weniger Arbeiterinnen benötigt. Und diese lassen die Drohnen nicht mehr in den Bienenstock, weil sie nur unnötige Esser sind. Verstehst du das?« Melih Dor hatte geflüstert. Er starrte seine Hände an, als würden ein paar von den Damen über seine Finger krabbeln.

Ambro nickte langsam. Er hatte sehr wohl verstanden. Die Bienen schlossen die aus, die unnütz geworden waren. Er sah sich in der Höhle um. Sie hatten ihre Vorräte, jeden Tag zu essen. Sie hatten eine Feuerstelle und für jeden ein Nest – aber das klappte nur, weil eine Gruppe, die Nilofar anführte, jeden Tag hinausging, jagte, Kräuter sammelte und Feuerholz anschleppte. Eine andere Gruppe kochte Wasser ab, bereitete täglich eine Suppe zu und buk Brot. Ambro war in der Gruppe der Brotbäcker.

»Ich könnte dir das Bogenschießen beibringen«, sagte Nilofar unvermittelt, »und Fujo könnte Norwin zeigen, wie man winterangelt.« Ambro war klar, dass sie ihren Beitrag leisten mussten, um hier sein zu dürfen. Er hatte für seine Kleidung gearbeitet. Ebenso für seine Mahlzeiten.

»Nein, danke«, sagte er schließlich. »Ich bin der Kartograf von Leotrim. Meine Waffen sind Stift und Papier.« Sobald das Wetter es zuließ, würde er weiterziehen, beschloss er. Sie waren schon zu lange hier.

Melih Dor nickte. Nilofar schwieg. Sie machte sich wieder an ihre Arbeit – neue Pfeile fertigen. Die Pfeilspitzen waren geschmiedet. Die Schäfte hatte sie selbst aus Kiefernholz geschnitzt. Nun mussten noch die Gänsefedern zugeschnitten und mit Leinen an die Pfeile gewickelt werden.

Ambro betrachtete die Handvoll Gänsefedern, die neben Nilofar auf dem Boden lagen. Sie waren schneeweiß. Er dachte unweigerlich an Silván. Was würde der alte Kindshüter tun – in so einer Situation? Ambro kam sich feige vor, weil er sein Messer zu nichts anderem gebrauchen wollte, als Äpfel zu schneiden. Bogenschießen … er war nicht Nilofar. Sie strahlte das aus. Alles an ihr war angespannt, bereit, zu kämpfen, wenn es sein musste. Das steckte einfach nicht in ihm.

Ich bin nicht feige, dachte er und fragte sich gleichzeitig: *Was mache ich, wenn Norwin wieder angegriffen wird? Von Zerfass oder einem anderen?* Die Geschichte wiederholte sich. Erst Pan Domdar, dann Zerfass. Was kam danach? Ambros Magen zog sich schmerzhaft zusammen bei diesem Gedanken. *Irgendwas muss ich doch tun.*

Melih Dor begann schließlich, zu lesen, die Kinder setzten sich im Halbkreis um ihn und lauschten gebannt. Auch Ambro wandte sich der Geschichte zu. Nilofar pikste ihn in den Bauch mit einem unfertigen Pfeil.

»Schreibst du das auf?«, flüsterte sie und zeigte mit einer weichen Bewegung ihrer Hand von sich auf die Kinder, auf die Situation hier. Die Höhle, die Menschen und die Drachen, die nicht mehr in Einar leben wollten, weil dort ein paar Wenige ihren Drachen Leid zufügten. »Erzählst du von uns?«

Ambro nickte sehr langsam. »Ja«, hauchte er. »Selbst von den Bienen werde ich berichten.« Dann lauschte er weiter der Geschichte, die Melih Dor vorlas.

DRACHENFRIEDEN

»Verwechsle sie nie, denk nicht, sie seien Menschen. Sie sind keine Menschen. Sie mögen so wirken, doch sie sind keine«, hatte sein Vater gesagt. Immer wieder. De Botte hatte seit Tagen die Stimme des Vaters im Ohr, so als wäre er noch am Leben, mit ihm unterwegs. Nun stand er wieder vor einem der Leuchttürme und erinnerte sich an seine Worte. Die Stimme des Vaters hallte in ihm. Ein Echo vergangener Zeiten. De Botte hatte als Kind zum ersten Mal eine der Türmerfrauen gesehen.

Wie lange ist das her?, fragte er sich.

Der Vater fehlte ihm. Er konnte ihn nicht mehr fragen: »Was soll ich tun?«

Als Kind, es war nach der Grablegefeier seines jüngsten Bruders, da griff er nach der Hand seines Vaters und flüsterte: »Stirb nie!« Und der Vater antwortete, genauso leise: »Solange du mich brauchst, werde ich da sein.«

Nun stand er hier und dachte: *Ich brauche dich noch.* Was bedeutete das?

Bist du zu früh gegangen, Vater, oder ist es falsch, immer noch nach deinem Rat zu fragen?

Stille umgab ihn.

Das Licht des Leuchtturms erlosch. De Botte wartete. Atmete. Es war windstill, selbst das Meer schien zu schweigen und zu warten. Dann zeigte das Licht, ein einzelner

Strahl, nach Osten ins Landesinnere. Ein Strahl, ein Wegweiser. Dass er nach Osten musste, wusste er schon. Er hatte gehofft, die Anweisungen wären dieses Mal genauer. Er musste noch ein oder zwei Leuchttürme aufsuchen, um Nerina zu finden. Mit diesem Zeichen war es nicht getan.

De Botte sah am Turm hinauf, er kniff die Augen zusammen, die aufgehende Sonne blendete ihn. Der Fels, auf dem der graue Turm stand, wechselte die Farbe. Schicht um Schicht, helle Steine, dunkle Steine, wie gewaltig das Meer auch dagegen schlug, der Fels wankte nicht. De Botte fragte sich, ob das Wasser die vielen Farben in die Felsen gewaschen hatte oder ob es die Zeit war. Es sah so aus, als hätte ein Kind einen Turm gebaut, mit allem, was es fand. Ganz durcheinander, über viele Sonnentage hinweg. De Botte setzte sich ins taufeuchte Gras. *Dunkeltage,* dachte er plötzlich. Vielleicht war es die Zeit, Frühtage, Sonnentage, Spättage, Dunkeltage. Jede Zeit legte eine Schicht Steine auf die andere. Und dann kam erst der Leuchtturm. Irgendjemand musste Steine hergetragen, Mörtel angerührt und alles aufgeschichtet haben. Also den Turm, nicht den Felsen vor der Küste, auf dem er stand. *Welches Geschöpf kann so etwas leisten?* De Botte hatte immer viel übrig für die Wunder von Leotrim. Er wollte schon als Kind alles ganz genau wissen.

»Wie geht das, Vater? Wer hat das gemacht? Wofür ist das gut?«

»Die Frauen haben ein Horn, ein blaues Horn«, hatte sein Vater behauptet. Felsenfest.

»Hast du es mal gehört?«

»Es kommt nur zum Einsatz, wenn eine Gefahr droht. Etwas vom Meer oder ein Waldbrand.«

»Ungeheuer?«, schrien die Kinder. Mehr Schrecken konnten sie sich nicht vorstellen.

»Seeungeheuer mit acht Armen!«, brüllte der Vater und amüsierte sich über die Angst seiner Söhne und Töchter. Wenn er wieder ernst wurde, sah er für einen Augenblick lang so aus, als gäbe es weit schlimmere Dinge als Seeungeheuer. De Botte fragte nicht nach, aber jetzt erinnerte er sich. Er war einmal eines der Kinder gewesen, die sich durch diese Geschichten erschrecken ließen. Seinen eigenen Kindern erzählte er keine Geschichten, nichts über Seeungeheuer, nichts über Türmerinnen oder einen Drachen, der als Einziger nach Drachenwart fliegen konnte.

Die Türmerfrauen hatten ihr Licht. Sie sprachen nicht. Er hatte nie eine sprechen hören. Nicht, dass er im Laufe der Zeit viele gesehen hätte. De Botte wartete ab. ›Türmerin‹ war die richtige Anrede. Er flüsterte: »Türmerin von Valer, zeig mir den Weg.«

Sein Vater ermahnte ihn schon wieder. »Starr nicht so hin, Sohn. Das ist unhöflich.« De Botte sah sich um, er war allein, die Stimme des Vaters nur eine Erinnerung. Der Wind frischte auf, zerrte an seinem Mantel, kühlte ihm die Wangen, und er senkte den Blick endlich, demütig, wie der Vater es ihm beigebracht hatte. Er beugte den Rücken und erinnerte sich. Damals, als er noch ein Junge war, kam eine von ihnen auf ihn zu. Sie waren am Strand, die Sonne blendete ihn, er schirmte seine Augen mit der Hand ab und plötzlich stand sie da.

Ihre Haut war weiß. Schmutzig-weiß wie getrockneter Mörtel. De Botte starrte die Türmerfrau fassungslos an. Ihr Haar war feuerrot und sie hatte Haut, Menschenhaut, keine Schuppen. Dennoch wirkte ihr Äußeres so wie die

Flügel eines Feuerdrachen, bedeckt von sehr hellroten, feinen Haaren. Der Vater blickte ihn streng an, in Gegenwart der Türmerin traute er sich nicht, sein Kind für sein schamloses Starren zu tadeln. Er, der kleine Junge, der er war, hatte die Hand ausgestreckt und den Arm der Frau berührt. Er fühlte sich an wie jeder andere Arm auch, der seiner Mutter, der seines Vaters, seiner Geschwister. Warme, helle Haut, weiche, elastische Haut. Wie seine. Haut, die Blasen schlug, wenn er sich verbrannte, Haut, die aufschürfte, wenn er hinfiel. Haut, die prickelte, wenn sein Smok warm ausatmete und ihn berührte. Sie stand einfach da und schaute auf ihn hinab. Die Türmerin mit ihrer Haut, die aussah wie ... gemauert. Das war der einzige Ausdruck, der ihm einfiel. Er hätte sich nicht gewundert, wenn er Mörtelstaub von ihr hätte abwischen können. Doch sie staubte nicht. Das Muster verschwand nicht. Sie sagte nichts. Ihre Augen waren grau und freundlich. Sie war nicht böse über seine Neugier. Sie legte eine Hand, rau und irgendwie kühl, auf seine. Sie schob seine Hand bestimmt weg und da sah er es: Sie hatte Haut zwischen den Fingern – Drachenhaut.

Sie malte mit ihrem Zeigefinger ein Symbol in den Sand und sein Vater nickte. Er wusste nun, wo er hingehen musste. Dann watete sie ins Wasser und schwamm schließlich die kurze Distanz zu dem Felsen hin, auf dem der Leuchtturm stand. Die Türmerin tauchte ab, ihr rotes Haar zerfloss wie ein Teppich, der sich auflöste.

Da sie nicht wieder auftauchte, sagte er schließlich: »Vater, da muss unter der Wasseroberfläche eine Tür sein.«

»Ja, vielleicht«, brummte der Alte. »Oder sie verwandelt sich in einen Fisch und der Leuchtturm kommt ganz allein klar.« Er lächelte. Zusammen machten sie sich auf den Weg.

Walid landete sanft und leise im Gras. Er legte seine Flügel an, schüttelte sich wie ein Hund, vom Kopf bis zum Schwanz, obwohl er gar nicht nass war und legte sich nieder.

»Und?«, fragte er. »Osten. Und dann?«

De Botte stand auf und trat zu seinem Smok, kraulte ihm die Nase, streichelte ihn gedankenverloren zwischen den Augen. *»Sie hat mir die Richtung gewiesen. Aber ich hatte gehofft, sie käme heraus.«* De Botte ließ unausgesprochen, welche Fragen er der Türmerin stellen wollte. Er war eingerostet, er war lange nicht mehr als Bote unterwegs gewesen. Er fragte sich, ob seine Gabe noch da war.

Die Nachricht ›Nerina ist frei‹ war auf einer der vier Scheiben erschienen. Ihn wunderte, dass diese Nachricht überhaupt aufgetaucht war. Nach dem Tod seines letzten Bruders hatte er seinen Holzrahmen voller Wut zu Boden geworfen. Eine der Scheiben hatte einen Sprung, die anderen waren noch heil. Mit der Faust zerschlug er den Spiegel, weil er sein eigenes Gesicht nicht mehr ertragen konnte – De Botte erinnerte sich an dieses Gefühl, der Letzte zu sein, ganz allein zu sein. Doch es stimmte nicht. Er hatte Frau und Kinder, lebte aber fortan in der Gewissheit, auch sie zu verlieren. Ohne Vorwarnung. Was nützte es, der Bote zu sein, vier Scheiben zu besitzen, Seher und Wortwerker zu kennen und trotzdem nichts tun zu können? Holosch hatte im Dorf seiner Eltern gewütet. Er, De Botte, war unterwegs gewesen. Als er kam, um die Eltern und die jüngeren Geschwister zu besuchen, war nur noch Milo am Leben. Er berichtete unter Schmerzen von einer Krankheit, die alle dahingerafft hatte. De Botte schloss die Augen und schüttelte den Kopf, als könnte er sich so von der Erinnerung befreien. Doch auch Milo war gestorben. Als De Botte sich im Dorf umsah, gab es keine lebende Seele mehr. *Das Brunnenwasser,* vermutete er. Aber das war nun auch einerlei.

Es gab nicht mehr viele von diesen *Quadrus.* Hangameh besaß eines. Wie viele Seher es noch gab, konnte De Botte nicht sagen. Seit Jahren hatte er keinen gesehen oder gesprochen. Früher hatten sie Hand in Hand gearbeitet, wie eine Mühle. Der eine war das Holzrad, der andere das stetig fließende Wasser. Erst jetzt begriff er, wie unnatürlich er lebte. Sein Vater hatte doch auch eine Gefährtin gehabt, obendrein ein halbes Dutzend Kinder und war trotzdem der Bote gewesen. De Botte massierte mit kalten Fingern seine Stirn, die Erinnerung überkam ihn wie ein kühler Windhauch an einem Sommertag. Wenn sein Vater auf Reisen war, vermisste er ihn schmerzlich. Durfte er ihn begleiten, vermisste er die Mutter, die Geschwister, sein Dorf. Seine ganze Kindheit war Sehnsucht gewesen.

Und er hörte die Stimme seines Vaters, als wäre er wieder acht Jahre alt. »Wer möchte mich begleiten? Nur einer«, sagte er mit erhobenem Zeigefinger, »es darf nur einer von euch mit. Ich will doch keinen Sack Flöhe dabei haben.«

»Nimm mich, Vater, mich. Nicht ihn. Er durfte das letzte Mal schon, nimm mich, bitte!« Sie bettelten und riefen durcheinander, es war ein großes Geschrei. Der Vater küsste Stirn und Nasen und Kinderhände, schloss den Mantel am Hals und deutete schließlich mit dem Zeigefinger auf eines seiner Kinder. »Du!«

»Als Kind wollte ich alles ganz genau wissen. Doch irgendwann habe ich aufgehört zu fragen«, murmelte De Botte vor sich hin. Er schalt sich selber für so viele verpatzte Gelegenheiten. De Botte sah noch einmal zum Leuchtturm hinauf, auch wenn es unhöflich war, so zu starren. Sein Vater, seine Mutter und seine Geschwister waren tot. Er beschloss, wenn das hier vorbei wäre, wieder die Nähe eines Sehers zu suchen, seine Arbeit aufzunehmen und, das war wohl das Wichtigste, seinen Kindern zu sagen, wer er war. Wer sie waren. Es musste weitergehen, nach ihm.

»Willst du noch warten?«, fragte Walid.

»Nein, lass uns fliegen.«

DAS HERZ VON LEOTRIM

Und Yari kam. Natürlich nicht innerhalb eines Tages, sie hatte einen weiten Weg vor sich.

Hangameh wusste Dinge, manchmal. Sie wusste, dass Yari unterwegs war. Zu ihr. Dass sie ihrem Rufen folgte. Und sie wusste, dass Yari Nev und den Drachen NevNev immer noch beherbergte.

Bis Yari ankäme, tat Hangameh, was sie immer tat: ihre Arbeit.

Die Spättage brachten Nieselregen und Nebel. Hangameh fühlte sich bedrückt und eingeengt. Draußen vor ihrer Höhle wurde es immer rauer und kälter. In ihrer Höhle wurde es stiller. Sie war von Schlaflosigkeit geplagt, das hatte sie früher schon gehabt, aber vergessen. Wie man eben schlechte Zeiten vergisst – sie hatte kaum bemerkt, wie leise und stetig sich ihr Leben durch Dakota verändert hatte. Plötzlich war dieses Kind da und es war so viel zu tun, dass sie abends wie erschlagen in ihr Nest fiel. Sie schlief gut, nachts. Die Zufriedenheit kam, wie eine Katze nach Hause kommt. Auf leisen Pfoten schleicht sie herein, legt sich irgendwo hin, oben auf ein Regal, in einen leeren Tontopf und schläft.

Dakota war gegangen und Hangameh stellte fest: Der Tontopf war leer, die Zufriedenheit weg und sie hätte das wohlige Brummen der Katze bitter nötig gehabt. Nachts wanderte sie durch die Gänge des Archivs und tagsüber ging sie den Menschen aus dem Weg. Leute, die kamen, um etwas in die Chronik eintragen zu lassen, schickte sie bald heim, Verbindungszeremonien, denen sie beiwohnen musste, verließ sie, sobald es die Höflichkeit erlaubte. Sie tat natürlich ihre Arbeit. Früher noch gleichgültig, inzwischen missmutig. Dakota fehlte ihr. Selbst die Vögel, die das Mädchen gehalten hatte … Hangameh bereute, sie freigelassen zu haben.

Immer wieder schrieb sie den Namen ›Mersan‹ in ihre Chronik, doch der andere Chronist schwieg. Bald glaubte sie, sich alles nur eingebildet zu haben und in Momenten größten Zweifels blätterte sie zurück zu der Stelle, las die Worte wieder, berührte sie mit den Fingern, nur um sicher zu gehen, dass sie wirklich da waren:

»Wer bist du?«, hatte sie geschrieben.

»Der Chronist von Leotrim.«

»ICH BIN DIE CHRONISTIN!«

»Du bist nicht allein«, hatte Mersan geantwortet.

»Bei allen verfluchten Eisriesen, was bedeutet das?«

»Finde Yari. Besuche mich. Dann reden wir. Es wird Zeit.«

Hangameh suchte Mora auf, die alte Drachenschildkröte, in der Hoffnung, dass diese noch nicht Winterschlaf hielt. Sie hastete verschiedene Gänge entlang, stieg Leitern hinauf und hinab, krabbelte durch enge Tunnel auf ihrer Suche – Mora hatte sich zurückgezogen, tief hinein an einen Ort, an dem sie genügend Platz hatte und die richtige Temperatur vorfand. Es war wichtig, dass es in ihrer Schlafnische beständig kühl war und das Schneetreiben der längsten Dunkeltage nicht bis zu ihr vordrang. Schließlich fand Hangameh die alte Mora.

»Bist du noch wach?«, flüsterte sie. Hangameh hatte keine Fackel mitgebracht und Mora benötigte kein Licht. Es war finster in ihrer Schlafstätte, Hangameh hatte kalte Füße und berührte mit der linken Hand die Steinwand, wie um sich zu vergewissern, dass sie nicht in einem dunklen Nichts verschwunden war. Die Steinwand war real, sie war kühl und ein wenig feucht, mit ihrer Hilfe ließ sich der Heimweg ertasten, auch im Dunkeln. Hangameh hatte sich nie gefürchtet. Nicht in den langen Gängen ihres Archivs, nicht in dem Labyrinth, das sie ihr Zuhause nannte. Doch Mersan ließ sie zweifeln. An allem, was bisher gewesen war. Dakotas Abwesenheit, das Alleinsein, das Gefühl, so viel verpasst zu haben, machten aus ihr eine Zweiflerin. Sie brauchte die Gewissheit dieser Steinwand, dass sich nicht alles geändert hatte.

Mora öffnete die Augen. Hangameh konnte sie in der Dunkelheit sehen – Mora schimmerte auf ihre besondere Art. Ihr Panzer, ihre Augen, ihr Wesen. Hangameh konnte sie deutlich erkennen und ihr war sofort wohler. Mora war immer noch Mora. Sie änderte sich nie. Beine und Schwanz hatte sie schon eingezogen und verborgen in ihrem Panzer. Ihr Körper verharrte regungslos.

»Ja.« Mora sprach langsam. Sehr langsam.

»Ich habe Yari zu mir gerufen. Mersan hat es mir aufgetragen.«

Hangameh ließ nun doch die Wand los und kniete sich auf den Boden, direkt vor Moras Gesicht. Die Drachenschildkröte schob ihren Kopf schwerfällig nach vorn, ein kleines Stück heraus aus ihrem Panzer und drehte ihn leicht zur Seite, um Hangameh besser sehen zu können.

»Was ist deine Frage, kleine Hangameh?« Mora sprach jedes Wort gewissenhaft aus, als wollte sie sich selbst testen,

ob das Sprechen noch möglich war, ob sie die Worte richtig sagte, um zu prüfen, wie ihre Stimme klang.

»Was passiert mit mir? Wenn ich mit Yari mitgehe?«

»Du wirst altern.«

Hangameh runzelte die Stirn. Sie hatte keine Erwartung gehabt, nicht einmal gewusst, was sie fragen und ob sie eine Antwort bekommen würde. Sie wusste nicht genau, was sie sich von diesem Besuch versprochen hatte, als sie losgegangen war. Aber das?

»Wie meinst du das?«

»Ich nehme deine Zeit auf mich. Wenn du weit genug von mir weg bist, wirst du altern.«

Hangameh schwieg. Sie hatte damals, in der Nacht in Leed, Ambro gebeten, ihr Beine und Augen zu sein, weil sie nicht überall hinkonnte. Es gab diesen Moment, da schmerzte ihr Körper so sehr, dass sie ohnmächtig wurde. Sie wusste nicht genau, wo die Grenze verlief, wie weit sie von zu Hause weg war, wenn das passierte. Sie fragte sich, ob das die Erklärung war.

»Du bist die Chronistin, kleine Hangameh. Du alterst nicht, du stirbst nicht. Nicht in meiner Gegenwart.«

»Wenn ich dich verlasse, dann …«

»Ja.«

Hangameh schluckte schwer.

»Überlege dir gut, was du willst.« Mora schloss ihre Augen wieder und schnaubte schwerfällig. Hangamehs Haare wehten, als hätte eine kleine Bö sie erfasst.

»Und Mersan? Er ist auch ein Chronist.«

Mora schnaubte wieder, laut und deutlich, wie jemand, der gleich in tiefen Schlaf übergeht.

»Der Chronist des Westens. Ja. Meine Schwester ist bei ihm.«

»Mowa?«, fragte Hangameh. Sie wusste Dinge, manchmal.

»Ja. Ich bin müde, kleine Hangameh.«

»Dann schlaf, schlaf gut. Wenn du aufwachst, bin ich wieder da.« Hangameh tätschelte der alten Drachenschildkröte den Kopf, ihre Haut fühlte sich kühl an und rau. Ihr Atem ging gleichmäßig, wurde leiser, flacher.

Hangameh stand auf, tastete nach der Steinwand und ging langsam zurück in ihre Heimstatt. Es gab viel, über das sie nachdenken musste.

***

Ein Feuerdrache, alt und angegraut, saß im Eingangsbereich ihrer Höhle. Tibor hatte, wie alle Drachen, den Meereseingang auf halber Höhe der Küste angesteuert, war souverän gelandet, als hätte er das schon tausendmal gemacht. Hangameh dachte belustigt: *Ihr seid alle wie Bienen. Den Tunnelflug beherrscht ihr perfekt. Und mein Heim ist ein Bienenstock.*

Sie lächelte den Feuerdrachen freundlich an, verbeugte sich und fragte mowarisch: *»Was kann ich für dich tun? Was führt dich her?«*

Er legte ein gerolltes Pergament, mit einem Stück Lederschnur zusammengehalten, vor sie auf den Boden.

»Ambro!«, entfuhr es ihr. Sie vergaß alle Höflichkeit, bot dem Drachen weder etwas zu trinken an noch einen Platz, an dem er ausruhen konnte. Sie schnappte sich das Pergament, nestelte hastig das Lederband ab und begann zu lesen.

Liebe Hangameh, schrieb Ambro.

Es ist viel passiert, seit wir gemeinsam in Leed waren. Du hast mich gebeten, dir Beine und Augen zu sein. Das will ich immer noch tun. Weil ich es versprochen habe und weil ich weiß, dass es meine Aufgabe ist. Aber zuerst muss ich in die Himmelsberge. Die Mutter aller Wasser hat mich gerufen. Zumindest glaube ich das.

Norwin wurde von einem Mann mit einem Messer angegriffen. Die Wunde heilt, du musst dich nicht sorgen. Doch in Einar gehen schreckliche Dinge vor sich ... Ich weiß, das ist keine Aufgabe für einen Kartografen. Vermutlich nicht mal für eine Chronistin. Dennoch will ich … muss ich helfen.

Melih Dor hat mir Unterschlupf gewährt, bis es Norwin wieder besser geht. Ich werde dir weiter schreiben.

Wenn du Rat weißt, wie man Drachen befreit, die nicht mehr fliegen können, dann schick diesen Drachen mit einer Botschaft zurück. Und du kannst tun, was deine Chronik zulässt: Der Mann, der Norwin verletzt hat, heißt Zerfass Kern.

Verbrenn ihn.

Ambro Gulur
Kartograf von Leotrim

Hangameh wusste, was Ambro wollte. Sie sollte aus Zerfass einen Aschemann machen, wie damals aus Nevs Vater. Aber sie hatte eine bessere Idee. Zudem, ihr war nicht wohl dabei, auf diese Weise ihre Chronik zu zerstückeln und in andere Leben einzugreifen. Die Chronik war dafür nicht gemacht. Das war nicht ihre Aufgabe. Sie fühlte es deutlich. Sie beide, Ambro und Hangameh, mussten diese Lektion begreifen, um dann eine bessere Lösung zu finden.

Hangameh strich sachte mit dem Finger über das Pergament, über die Wörter, die Ambro in seiner ungelenken Kinderschrift geschrieben hatte. Sie kannte ihn noch nicht lange, aber gut genug, um zu wissen, dass er es nicht so meinte, es sogar schon bereute, diesen Brief geschrieben zu haben. Seine Bitte, die er nicht als Bitte formuliert hatte. Daher entschied sie, einen Augenblick lang keine Chronistin zu sein. Sie hatte lange nur zugesehen. Nun musste sie etwas tun. Und zwar ohne Feder, ohne Papier.

Sie schickte den Drachen Tibor mit einer Nachricht zurück: »Sag Ambro, er soll seine Reise fortsetzen. Ich kümmere mich um alles andere.«

***

Es gab insgesamt drei Brücken über den Milchwasser-Fluss. Drei Brücken, die breit und stabil genug waren für Yari. Sie war schließlich kein Leichtgewicht. Yari hatte Angst vor Wasser, sie konnte nicht schwimmen. Daher musste sie auf ihrem Weg zur Ostküste den Weg gehen, der sie trockenen Fußes über den Fluss brachte. Das war nicht der direkte Weg, aber der sicherste. Sie überquerte die erste Brücke zwischen Liran und Leolo.

Hangameh spürte, dass sie noch genug Zeit hatte für eine Reise. In Leed hatte Ambro gewusst, was zu tun war. Diesmal würde sie das Sprechen selbst übernehmen. Und sie würde rechtzeitig zurück sein.

DIE ENTDECKUNG DES FEUERS

Nerina war kein Drache, der plapperte. Üblicherweise war er allein, also war Sprechen nicht nötig. Hinzu kam, dass er viel schlief. Wenn der Bote kam und seine Worte sprach, konnte Nerina nichts anderes tun, als zu gehorchen. Er kehrte zurück, legte sich nieder und wachte erst auf, wenn er wieder gebraucht wurde. Daher hatte Nerina auch kein Gefühl für Zeit. Wie lange er wach war, wie lange er schlief, wie lange ein Sonnentag dauerte. Dakota kam jeden Tag. Ein Rhythmus stellte sich ein und wurde Gewohnheit. Sie brachte ihm zu essen und Wasser, sie sprach mit ihm, streichelte ihn, untersuchte seinen Körper und wollte alles über Feuer wissen. Nerina beobachtete ihr hektisches Gebaren, stellte erstaunt fest, dass er sich auf ihren Besuch freute, und, was noch viel wichtiger war: Er wurde wach, wenn sie kam. Nerina spürte, würde sie nicht kommen, ihn nicht füttern, die Natur seines Wesens würde ihn schlafen lassen, hier an diesem Ort. Gesund oder nicht. Das Fieber und die Hitze hatten seinen Körper wieder verlassen. Vielleicht war er es einfach nicht gewohnt, dieses Alltägliche. Er fragte sich, in den Zeiten, wenn Dakota nicht bei ihm war, was die Mutter wohl von alldem halten würde. Sie wäre erbost, weil Nerina sich versteckt hielt, vor ihr, vor dem Boten, weil er hierbleiben wollte, bei Dakota. Sie war die Einzige, die sich über seine Gegenwart freute und ihn nicht wegschickte.

»Du bist ein Feuerdrache!«, sagte Dakota. Sie stand vor ihm, ein nackter Fuß auf dem anderen. Sie hielt eine hölzerne Schale in Händen und betrachtete ihn neugierig. Sie stellte die Schale ab und berührte Nerinas Nüstern. Vor ihr hatte das noch niemand gemacht. Vielleicht noch die Ammen, als Nerina ein *Toddler* mit schwarzen Dunen gewesen war. Er konnte sich nicht erinnern. Er schnaubte wohlig, mit geschlossenen Augen.

»Ich weiß, du hast eine Drüse im Maul. Mit der machst du Feuer.«

Nerina kannte das schon. Dakota besah sich seine Flügel, schaute ihm ins Maul, versuchte herauszufinden, wie er funktionierte, was ihn zu dem machte, was er war. Nerina war nicht Holosch. Es gab Zeiten, da hatte er das bezweifelt. Doch er wusste sicher, er war nicht der Tod selbst. Er flog nach Drachenwart, wenn es von ihm verlangt wurde. Er flog wieder weg, wenn er seine Aufgabe erfüllt hatte. Menschen starben, Drachen starben, doch das hatte mit ihm nichts zu tun.

»Habe ich auch so eine Drüse?«, fragte Dakota und streckte die Zunge heraus. *»Guck doch mal!«* Sie reckte den Kopf, berührte mit der Zunge beinahe ihre Nasenspitze und wollte, dass er ihr sagte, dass da eine Drüse sei.

»Keine«, sagte Nerina leise. Beinahe hätte er sich entschuldigt. Aber er konnte doch nichts dafür, dass sie kein richtiger Drache war und kein Feuergas hatte. Ihm war das oft lästig. Die Höhle, die er bewohnte, war groß, aber nicht groß genug. Wenn er hier Feuer gab, verletzte er sich nur selbst. Also ließ er das Feuergas gleichmäßig ausströmen, ohne es zu entzünden.

Dakota machte jeden Tag ihre Experimente damit. Sie setzte sich vor sein Maul, versuchte, sein Feuergas einzuatmen und bereute es bald. Sie pustete albern, pfiff und spuckte. Doch nichts passierte. Nicht das, was sie gerne getan hätte: Feuer geben wie ein Drache.

»Erzähl mir von Olin«, bat sie, *»erzähl mir von Drachenwart.«*

»Großer Vulkan«, sagte Nerina immer auf diese Frage. Er hatte keine Worte für die rot glühende Lava oder die schwarze, unwirtliche Umgebung. Er hätte ihr sagen können, dass Olin seine Kreise zog, über der Insel, weit oben, dass er sich im Ascheregen am wohlsten fühlte. Er hätte ihr vom Leuchtturm Vegard erzählen können, der an der Küste hinter den Himmelsbergen stand und der Türmerfrau, die dort lebte. *Watchyn.* Olin besuchte die Türmerin oft. Nerina hatte die beiden schon zusammen gesehen, sie flogen miteinander, aber er sagte nichts dazu, das ging ihn nichts an. Er plapperte nicht. Sollten das andere beurteilen. Die *Mutter aller Wasser* benötigte für ihre Nachkommenschaft nur einen einzigen Hochzeitsflug, danach waren Drachen wie Olin unnütz für sie. Sie legte ein Leben lang ihre Eier, die Arbeiterinnen und die Ammen kümmerten sich um die Mutter und die Brutpflege. Einer wie Olin durfte nicht in den Himmelsbergen bleiben. Es gab diese Geschichte, in der es hieß, Olin habe mehrere Eier von ihr gestohlen. Nerina glaubte nicht daran, er hatte nie andere Drachen, lebende Drachen, auf Drachenwart gesehen. Zudem, er kannte auch Geschichten über die *Mutter aller Feuer.* Oder die *Mutter aller Himmel.* Er war zu weit weg von allem, er war kein Bewohner der Himmelsberge, keine Amme, nichts dergleichen. Es interessierte ihn auch nicht. Er war das Kind der *Mutter aller Wasser.* Das zu wissen reichte ihm. Er hatte sie gesehen, zuletzt, als er Silván abholen sollte. Er hatte getan, was von ihm verlangt wurde, und dann das unbändige Gefühl unterdrückt, zu ihr zurückkehren zu wollen, noch einmal

bei ihr in der großen Halle zu sein. Er war dort nicht erwünscht.

Nerina fragte sich, ob Watchyn wie Dakota war, ob diese Türmerin die Einzige war, die sich an Olin erfreute. Er, der sein ganzes Leben allein verbracht hatte – bis auf die kurze Zeit als Toddler in den Himmelsbergen – würde nicht darüber urteilen.

Nerina fehlten die Worte für so viele Dinge. Drachenwart. Dakota wollte alles wissen. Er empfand den Kontrast als schön – da war die Insel, die ständig in Bewegung schien. Der Kegel spuckte unaufhörlich, glühte immer in hellem Rot, Orange und Gelb. Die Farben erkalteten, wurden schwarz, wenn sie das Meer erreichten. Es dampfte, zischte und stank. Bisher gab es niemanden in seinem Leben, dem Nerina das hätte erzählen können. Daher waren Worte nicht nötig. Er sah das Schauspiel aus der Luft, er sah auf der anderen Seite die schneebedeckten Himmelsberge, mehrere Kegel. Er verstand schon, dass es sieben waren, er fühlte es, weil er dort geboren worden war, auch wenn er nie zählen gelernt hatte. Er sah die Seen, eisblau, in den Tälern dazwischen, er sah die Grenze zwischen Schnee und dunklem Grün am Fuß der Berge. Er hätte die Landschaft gerne ohne Hunger betrachtet, aber auch er musste essen. Er schnappte nach ihnen, im Flug, wenn es sein musste. Nach Bergpiepern und Schneesperlingen, nach Bergdohlen und Braunkehlchen. Wenn er hier war, schmeckten ihm auch die Schneehasen, wenn er viel Hunger hatte, eine Bergziege. Dann saß er auf einem schroffen Felsen, trotzte dem scharfen Wind und genoss die Aussicht. Wie sollte einer wie er das alles erklären? Mit Worten? Er musste es Dakota wohl zeigen, anders ging es nicht.

»Warme Sachen«, brummte er.

Dakota verstand. *»Ich brauche warme Kleidung für die Dunkeltage.«*

»Ja.«

»Und für den Flug. Da oben wirds frisch, hm?«

»Ja.«

»Was denkst du, bist du gesund? Stark genug, um wieder zu fliegen?«

Nerina dachte nach, streckte sich, breitete die Flügel aus, wie um zu prüfen, ob alles noch da war und funktionierte.

»Ja«, sagte er schließlich. *»Dieser hier. Will fliegen.«*

»Gut, ich bereite alles vor.«

***

Die Warwinde flauten ab, doch nun drückte kalte Luft in die Höhleneingänge, dicht am Boden wie ein Raubtier. Die Bewohner von Kusten hatten entschieden, in den Höhlen zu bleiben, die Luft roch schon nach Schnee. Die Spättage würden schnell in die Dunkeltage übergehen. Es lohnte sich nicht, noch einmal die Sommerbehausungen zu beziehen. Daher veränderte sich Dakotas Leben in den Höhlen nicht. Krywult und die anderen Salzarbeiter nahmen wieder ihre Arbeit auf, kamen abends durchgefroren und mit rot entzündeten Händen heim ans Feuer. Die Fischer werkelten an ihren Booten, flochten Reusen und Stülpen und fingen, was das Meer noch hergab. Viel war es nicht. Es gab jeden Tag grüne Algen zu essen, als Suppe oder Beilage. Dakota würgte alles tapfer herunter. Sie aß so viel sie konnte, niemand schalt sie wegen der Algen, die gab es im Überfluss. Und nachts brachte sie Nerina ihre Portion Fisch. Manchmal gab es auch Hase oder Wild.

Nerina musste essen und zu Kräften kommen. Dakota wollte die Dunkeltage nicht abwarten.

***

Krywult, schrieb Dakota und strich es wieder durch.

Es gab eine Zeit, da trug jeder Mensch seinen Kindernamen wie ein Kleid. Wenn man herauswuchs, legte man es ab – die Kindheit, die Sorglosigkeit, die Kleidung und auch den Namen. Wäre sie wie die anderen, dies wäre ihre Zeit, ihren Kindernamen abzulegen. Sie war erwachsen geworden, praktisch über Nacht. Doch sie kannte nur diesen einen Namen. *Dakota.* Es kam ihr nicht in den Sinn, einen neuen auszuwählen, einen Namen auszusuchen, der zu ihrem neuen Ich gepasst hätte.

Krywult hatte seinen Namen abgelegt, viel zu früh, unfreiwillig, aus dem Schmerz des Verlustes heraus. Vielleicht musste er dahin zurück, vielleicht musste er einen neuen Weg wählen. Sie hoffte für ihn, dass er einen Weg aus den Salzteichen finden würde. Dakota hatte beschlossen, mit Nerina zu gehen, ihr war klar, dass dieser Abschied schmerzlich werden würde. Für Krywult, für Rem, für sie selbst. Sie wollte niemandem wehtun. Also schrieb sie:

Morin, ich komme wieder. Sobald ich gefunden habe, was ich suche.

Sie unterschrieb ihren kleinen Brief und hoffte, dass Krywult das verstehen würde. Nun hatte sie schon zwei Menschen versprochen, wiederzukommen. Hangameh und Krywult. Und dann war da auch noch Rem. Seit Nerina aufgetaucht war, hatte sie nicht mehr mit Rem gesprochen. Das schlechte Gewissen plagte sie. Rem war immer gut zu ihr gewesen, ein echter Freund. *Aber,* dachte sie. Und dieses *Aber* war gewaltig. Sie konnte nicht ewig ohne Vergangenheit bleiben. Irgendwann würde sie sich entscheiden müssen, ob sie zu Hangameh zurückging oder zu Krywult und Rem. Vielleicht ergab ihre Reise auch einen ganz anderen Ort. Sie wagte nicht, es auch nur zu denken. Ein Feuerdrache und eine Frau. Mehr wusste sie bis jetzt nicht über ihre Wurzeln.

Jedes Versprechen, das sie gab, meinte sie auch. Sie wollte zurückkehren. So, wie sie jetzt losfliegen wollte, um Antworten zu finden.

Nerina zeigte Dakota den Höhleneingang, den er benutzt hatte. Sie gingen lange. Dakota hatte den verbotenen Stollen benutzt, um zu der Höhle zu gelangen, in der Nerina lag. Offensichtlich war das ein Verbindungsgang zwischen zwei Höhlensystemen. Dakota entdeckte eine Feuerstelle, eine, die sehr lange Zeit nicht mehr genutzt worden war. Sie fand in den anderen Höhlen, die sie durchquerten, kein Wasser und vermutete, dass diese Winterstatt deshalb aufgegeben worden war.

An den Wänden waren Halterungen angebracht, aber sie fand keine einzige Fackel. Überall waren Spinnweben, die Luft roch feucht und moderig, ein bisschen nach verdorbenem Fisch.

»Der Weg, den ich gegangen bin, ist gesperrt wegen Einsturzgefahr«, sagte Dakota in die Stille hinein, die sie umgab. Nerina schwieg.

»Vielleicht haben die Kustener früher auch hier gelebt.« Das Mädchen berührte mit den Fingerspitzen seine Sichel und leuchtete hell auf: Haare, Haut, Sichel. Dakota wollte sich umsehen, aber sie ekelte sich auch ein bisschen vor den Spinnweben. Im Gehen zerriss sie versehentlich

Netz um Netz und hatte immer wieder Spinnfäden an den Händen oder im Gesicht. Nerina ging einige Schritte voraus, Staub flirrte in der Luft. Dakota bemerkte kaum, wie schwerfällig der Drache ging. Das Fieber hatte er ausgestanden, aber kräftig und gesund sah Nerina nicht aus. Dakota erinnerte sich an ihre erste Begegnung und daran, wie sehr sie sich gefürchtet hatte. Sie neigte den Kopf zur Seite und fragte: *»Warst du so fürchterlich oder lag es an mir? War ich so ein Hasenfuß?«*

Nerina konnte ihren Gedanken nicht nachvollziehen, wusste nicht, was das Mädchen meinte.

»Die Wahrheit liegt wohl irgendwo in der Mitte«, plapperte Dakota weiter. *»Meinst du, hier lebt während der Dunkeltage ein anderes Dorf?«* Ihre Gedanken hüpften vor Aufregung.

»Nein«, sagte Nerina. Er hätte diese Höhle nicht betreten, wenn sie bewohnt gewesen wäre. Hier hatte schon lange niemand mehr gewohnt. Nerina probte den Gedanken: *Einsturzgefahr.* Dieses Wort hatte Dakota schon verwendet. Aber dann hätte er erklären müssen, dass diese Gefahr für ihn keine war. Er betrat eine Höhle, schlief dort und wenn er erwachte, schüttelte er sich Staub und Zeit von den Flügeln und verließ die Höhle wieder. Er dachte keine Sekunde darüber nach, ob irgendetwas über ihm einstürzen könnte. Er lebte schon zu lange, um sich über derlei Dinge Gedanken zu machen. Dakota bekam von alldem nichts mit.

Jetzt geht es los, dachte sie. *Ich werde wieder fliegen!* Ihr letzter Flug mit Videt war unglaublich gewesen. Dakota schloss die Augen, breitete die Flü… ihre Arme aus und stellte es sich noch einmal vor. Der Wind zerzauste ihr das Haar, die Luft war kühl, Videts Griff stark, aber nicht grob. Sie schwebten zusammen über dem Hafen von Kusten. Die Boote wirkten plötzlich so klein und das Wasser, das grüne Wasser, das in schwarz überging, sah kein bisschen bedrohlich aus. Sie machte sich keine Sorgen, abzustürzen. Videt hielt sie fest. Und da unten, das waren doch nur Algen. Grüne Algen, ein paar Wasserdrachen, sie würde doch weich landen. Dakota stolperte und stürzte hart zu Boden.

Mit den Händen versuchte sie, ihren Fall abzuwehren, so als würde der steinige Boden sie plötzlich angreifen. Aber nichts dergleichen war geschehen. Sie war mit geschlossenen Augen durch eine Höhle gegangen, die sie nicht kannte, und hatte geträumt. Ein Schmerz wie eine Stichflamme schoss ihr durch die Handgelenke in die Arme. Ihre Handflächen waren aufgeschürft und die Knie blutig. Auf allen Vieren hockte sie auf dem Boden und keuchte. Der Schweiß brach ihr aus. Vorsichtig stand sie auf, strich sich Staub und Kieselsteinchen von den Handflächen und zog die Nase hoch. Nerina hatte sich umgedreht, den Kopf zu ihr hinab geneigt und sah sie eindringlich an. Er hatte keine Worte für sie. Er wusste, eine Mutter würde nun die Wunden säubern, tröstende Worte sagen oder ein kleines Lied singen, das Kind umarmen, das sich wehgetan hatte. Nerina war keine Mutter und Dakota kein Kind mehr. Er atmete aus, langsam und warm. Das war etwas, das er noch wusste. Den Atem teilen – das kam einem Trost noch am nächsten.

»Geht schon«, sagte sie und schämte sich, dass man ihren Worten die Tränen anhörte.

»Noch ein Stück«, sagte Nerina und ging wieder voran.

Sie traten ins Freie. Direkt am Strand. Die Wellen rollten heran, zu beiden Seiten ragte die Felswand hoch wie eine gewaltige Mauer. Grauschwarz. Dakota zählte drei Fischerboote, kleine Drachmaster. Am Strand war eine Horde Kinder in kniehohen Stiefeln, die mit Keschern und Eimern in der Hand nach Algen und Muscheln suchten. Die Luft roch nach verwesendem Tang.

Dakota sah an sich herunter, betrachtete schließlich ihre Hände. Ihre Wunden waren schmutzig, pochten schmerzhaft. »Ich bin so dumm«, flüsterte sie. Nicht mowarisch. Leotrisch. Sie war noch nicht sehr weit gekommen, doch ihre neue Hose war an den Knien schon zerrissen. Ihr Mantel war ihr, wie immer, zu warm. Am liebsten hätte sie sich ihre Kleidung vom Leib reißen und losmarschieren wollen, ohne all diesen Ballast.

Dakota war zu sehr mit sich beschäftigt, um die Reaktionen der Fischer und der Kinder am Strand zu sehen. Nerina hatte diese Wirkung auf Menschen: Untaten kamen ans Licht, schoben sich ins Bewusstsein, erinnerten. Einer der Fischer hatte bei einer anderen Frau gelegen, der große Bruder hatte den kleinen Bruder in die Brennnesseln geschubst. Das Mädchen dort hatte seine Mutter angelogen. »Ja«, heulte es. »Ich habe alle süßen Brote aufgegessen.« Es ließ den Eimer fallen und rannte nach Hause. Und Nerina hatte seine Flügel noch nicht einmal ausgebreitet.

In der Höhle hatte er gebückt gehen müssen. Nun breitete er sich aus, machte den Hals lang und den Rücken gerade, spreizte die Finger seiner Pfoten, fuhr die Krallen aus, streckte ein Bein, dann das andere. Dakota sah verwundert zu ihm auf und wusste die Antwort plötzlich. Bei ihrer ersten Begegnung kam er von draußen herein. Sie sah ihn in voller Größe, sein ganzes Schwarz. Er war so *fürchterlich.* Sie schluckte schwer und zweifelte einen Moment.

Dakota sah zurück, in die Höhle, aus der sie gerade gekommen war. Noch könnte sie umkehren. Vielleicht hatte Krywult ihren Brief noch nicht entdeckt, vielleicht könnte sie ihn nehmen und so tun, als wäre sie nicht weg gewesen, als hätte sie nicht viele Tage lang darüber nachgedacht, wie es wohl sein würde, einen Vater zu haben, eine Mutter, Wurzeln. Sie würde ihre Aufgaben wieder übernehmen, essen, schlafen und Geschichten hören, abends am Feuer.

Ein Geräusch riss sie aus ihren Gedanken. Eines, das sie noch nie vorher gehört hatte. Sie musste nicht hinsehen. Die Hitze erschlug sie fast. Sie schloss die Augen, zwang sich, stehen zu bleiben, nicht hinzufallen, schon wieder hinzufallen, und das brüllende Geräusch hielt an. Nerina war lange in der Höhle gewesen, krank obendrein. Dakota hatte keine Ahnung vom Drang, Feuer geben zu müssen. Sie konnte es nur ahnen. Schließlich drehte sie den Kopf, die Hitze legte sich auf ihr Gesicht, auf ihren Körper, wie eine Decke. Vorher war ihr schon warm gewesen, nun meinte sie, zu verglühen.

Nerina wollte diesen Druck endlich loswerden, Feuer geben, bis kein Gas mehr übrig war in ihm drin. Dakota interessierte sich nicht für die Fischer oder die Kinder. Ob sie schreiend davongelaufen waren. Sie sah es nicht, sie hörte es nicht. Sie öffnete die Augen, sie war schweißgebadet, ihre Wunden waren vergessen. Nichts tat weh, alle Gedanken waren verdrängt. Sie sah nach oben. Nerina wirkte, als wäre er gewachsen. Seine Flügel hielt er weit ausgebreitet gegen den Wind. Er war nicht größer geworden, doch nun hatte er endlich Platz. Die Höhle, die Felswände und die Dunkelheit hatten ihn klein gemacht, ihn gezwungen, unnatürlich zu stehen und zu gehen. Die Wände hatten sein Schwarz auf ihn zurückgeworfen. Nun konnte es sich wieder ausbreiten. Nerina war nicht Holosch. Der Holosch nimmt Licht. Nimmt Leben. Mit ihm endet alles. Dann ist es dunkel. Nerina war Veränderung. Wer ihn sah, änderte sein Leben, schlagartig.

»Lass uns fliegen«, sagte Dakota leise. Nerina schloss sein Maul, das brüllende Geräusch erstarb. Der Feuerball, den er erzeugt hatte, stieg einen Moment nach oben und verpuffte. Eine schwarze Wolke blieb als einziger Zeuge zurück. Und auch dieser verschwand bald im Nichts.

Mit einem kräftigen Schlag der Flügel hob er ab. Er griff nach Dakota, mit den Vorderpfoten umschloss er ihren Oberkörper. Dakotas Herz schlug wild, sie spürte die Schläge in Brust, Händen und Knien. Nicht schmerzhaft, aber mit einer Kraft, die ihr neu war. So viel Angst und so viel Freude hatte sie noch nie – gleichzeitig – empfunden. Eine zarte Linie trennte am Horizont Himmel und Meer. Nerina schob sich hoch, bald waren sie oberhalb der Steilküste und sahen beide ins Landesinnere. Die moosbewachsene Weite verschluckte beinahe das kleine Dorf direkt an der Küste. Dakota hatte keine Zeit, die Landschaft zu bewundern, alles schön zu finden oder den Flug zu genießen. Etwas wummerte in ihren Ohren. Erst glaubte sie, es wäre ihr Herzschlag. Wenn er in Händen und Knien zu spüren war, warum nicht auch in den Ohren? Dann sah sie nach oben, betrachtete Nerinas Brust über sich, sie sah nach links und rechts und meinte, den Ursprung des Wummerns zu kennen. Nerinas Flügel machten ein Geräusch, wenn er mit ihnen schlug. Eine Art *schraaab.*

Schraaab. Höher.
Schraaab. Noch höher.
Schraaab. Über allem.

Die Menschen unten im Dorf hörten das *Schraaab.* Kein Drache in ihrem Dorf machte beim Fliegen ein derartiges Geräusch. Sie sahen nach oben. Sahen Nerinas Größe. Sein Schwarz. Die Farbe einer mondlosen Nacht ohne Hoffnung auf ein Morgen. Sie deuteten ihn falsch. Wie immer.

Jemand, der mit sich und der Welt zufrieden war, hörte das Schlagen seiner Flügel nicht. Das kleine Dorf an der Küste war nicht Kusten. Dieses hier lag ein ganzes Stück nördlicher und die Menschen sahen ihn und das Schreien begann. Sie ließen fallen, was sie in Händen hielten. Rannten davon, weil sie die Veränderung mehr fürchteten als das Wirken von Holosch. Dakota hielt sich die Ohren zu. Sie presste mit aller Kraft ihre Hände dagegen, einen Moment lang schloss sie die Augen, so als könnte sie das Geräusch einfach aussperren. Doch dann begriff sie: Nerina war in ihrem Kopf. Das Flügelschlagen, seine ganze Erscheinung, das Schwarz seiner Drachenhaut, alles war innen, nicht außen. Sie wusste das Gefühl nicht zu deuten, das er auslöste. Da war Angst in ihr, aber sie wusste auch, darunter war etwas Neues. Sie entspannte ihre Hände, ließ sie müde sinken, öffnete die Augen und versuchte, sich zu beruhigen, tief zu atmen, doch der feste Griff von Nerina ließ das nicht zu.

Dakota staunte. Sie sah vereinzelt Kinder stehen, die Nerina fassungslos anstarrten. Sie sah Leute rennen und den Schatten des Drachen über den Boden huschen, sie verstand nicht, was da passierte. Sie bemerkte auch nicht, dass sie lichterloh brannte, ihre Kleider fielen in Fetzen herab.

Trotz der Schmerzen wendete Nerina alle Kraft auf, sie nicht fallen zu lassen.

***

Später, an einem anderen Ort wurden Lebenslügen gebeichtet und neue Pläne geschmiedet. Es wurden Heiratsanträge gemacht. *Wenn nicht jetzt, wann dann?* Und: Kinder gezeugt. Viele Menschen dieses Dorfes gingen neue Wege. Sie schwärmten aus wie Bienen und schlossen sich anderen Gemeinden und Dörfern an. Das, was sie schon immer tun wollten, taten sie endlich. Im Dorf blieben nur wenige Menschen zurück. Menschen, die an diesem Ort zufrieden gewesen waren. Und auch jetzt nicht fortwollten.

IN DEN TIEFEN BERGEN

Olafur saß schweigend am Feuer. Endlich. Der Weg war weit gewesen, doch nun war er wieder mit Smilla zusammen. Er sah immer wieder zu ihr hin, doch ohne ihr in die Augen zu blicken. Er war ohne Ambro gekommen. Sie machte ihm keine Vorwürfe und doch spürte er deutlich, sie und alle ihre Verwandten nahmen es ihm übel. Sie stellten keine Fragen. *Wenn sie doch fragen würden,* dachte er. Aber es würde nichts ändern. Er war hier, Ambro und Norwin nicht, und sie gaben ihm die Schuld. Alle waren freundlich zu ihm, er hatte eine warme Mahlzeit im Bauch, seine Gefährtin war bei ihm, es ging ihr gut. Und dennoch fühlte er sich, als hätte ihm jemand mit schweren Stiefeln in den Magen getreten. Die *tiefen Berge* waren nicht seine Heimat. Er mochte das ewige Braun nicht. Hier gab es keinen einzigen Grashalm, kein Gewächs, das die Bezeichnung ›Pflanze‹ verdient hätte. Keine Bäume, nichts, was auch nur annähernd wie ein Lindenbaum aussah, schmeckte oder klang. Olafur fehlte das Rauschen der Blätter im Wind, das leichte Schaukeln, wenn er in seinem Nest lag, der Ausblick auf die Lichter.

Die *tiefen Berge* waren aber auch nicht wie die Winterstatt in Burry. Hier war alles trocken, braun, unwirtlich. Ein Bad zu nehmen grenzte an Frevel. Es gab Wasser, tief unten im Gestein. ›Grundwasser‹ sagten die Berger dazu. Jeden Tag gingen sie los, die Bewohner, die großen und die kleinen und trugen das, was sie brauchten, selbst herauf. In Eimern und Wasserschläuchen. Olafur sah zu, wie die Menschen in eine Art Brunnen hinabstiegen, über Leitern und in Stein gehauene Stufen. Das Grundwasser presste sich mühevoll aus dem Gestein heraus wie ein kleiner Wasserfall und floss dann mickrig durch eine der Höhlen, um schließlich an einer anderen Stelle zu versickern. Es schien, als würde es sich dort wieder ins Gestein pressen. Olafur erinnerte es an eine offene, pochende Wunde. Vielleicht waren die *tiefen Berge* ein altes, verletztes, sterbendes Tier. Aber solche Gedanken behielt er für sich. Das Flüsschen hatte einen Namen, aber Olafur fand, es verdiente keinen. Die Eltern, die Großeltern, alle Schwestern von Smilla machten ihm vor, wie man sich hinkniete, dem Wasser dankte, dass es da war, floss und sie versorgte. Sie tranken aus der hohlen Hand, Olafur fand, das Wasser schmeckte metallisch. Früher war ihm nie aufgefallen, dass Wasser überhaupt nach etwas schmeckte. Nun unterschied er Metall, Schwefel, alt, grüne Algen und die schlimmste Art: irgendwie sauer. Er ahmte nach, was man ihm zeigte, füllte seinen Eimer unter dem Wasserfall, um sich und Aidar zu versorgen, brummte dabei, das sei Kinderarbeit und nicht seine, bereute es aber sofort. Schließlich war Ambro nicht da, ein weiteres Kind unterwegs und er ein … ein schlechter Mann. So schalt er sich selbst. Er war ein schlechter Mann für seine Gefährtin und ein schlechter Vater für seine beiden Kinder. Er trauerte dem Lindenbaum nach, sein Leben hatte eine Wendung genommen, die ihm ganz und gar nicht gefiel.

»Ich kann nicht neu anfangen«, sagte Olafur zu Aidar. *»Ich muss zurück.«* Er dachte an seine Werkzeuge und Truhen, an den Holzschaber für den Backofen, an seine mehligen Hände, seine Säge und die Axt. Er dachte an den Kochtopf und die Löffel und die Feuerschale. *»Der*

Lindenbaum, das bin ich. Wie soll ich denn leben ohne all das?«

Er sagte und dachte mowarisch, Aidar war der Einzige, der es hörte, fühlte und verstand.

Smilla saß, in eine Decke gewickelt, am Feuer bei ihm, sie betrachtete die Gesichter ihrer Familie, der Menschen, mit denen sie aufgewachsen war, und sah Olafurs gerunzelte Stirn, die Gedanken, die dahinter arbeiteten, sie sah sein Unglück im Gesicht. Er bemerkte gar nicht, wie sie ihn studierte, er war ganz woanders. Manchmal berührte er mit seiner Hand kurz ihren kleinen Bauch – Aelia würde ein Kind der Frühtage werden, sie hatten noch Zeit. Wenn er sie berührte, dann war es keine Geste der Zärtlichkeit, eher pflichtschuldig. Sie kannte das schon. Er würde sich erst freuen, erst begreifen, dass er ein weiteres Kind hatte, wenn Aelia geboren war. Am Leben. Wenn sie atmete und schrie und gefüttert werden wollte, wenn sie Trost brauchte und leise gesungene Lieder. Vorher musste sie für ihren Gefährten stark sein und zuversichtlich. Schließlich war Ambro nicht ihr erstes Kind. Sie hatte einen Jungen vor ihm gehabt. Doch bevor es an der Zeit war, hörte er auf, sich zu bewegen. Sie musste ein totes Kind gebären. Es war so klein. Ihrem Gefährten zuliebe musste sie auch ihren Kummer kleinhalten, er war daran fast zerbrochen. Also musste sie stark sein, an die Zukunft denken, vorschlagen, es noch mal zu probieren, die Ungewissheit aushalten, ob es diesmal klappen würde.

Sie freute sich auf ihre Tochter. Smilla dachte, dass die Zeit bis zur Geburt und auch die Geburt selbst ohne ihn leichter werden würden. Olafur stand nur im Weg und mit seiner Sorge erdrückte er sie fast. Sie brauchte ihre Kraft.

»Ich würde ja losgehen und ihn suchen«, sagte Olafur unvermittelt, »aber ich weiß nicht, wo ich anfangen soll.« Er starrte weiter in die Flammen. Er hatte leise gesprochen, aber die *tiefen Berge* wisperten die Worte weiter.

»Bei der Chronistin«, flüsterte Smilla, »sie ist aller Anfang.«

»Du willst, dass ich dich alleinlasse?«

»Ich will, dass du unser Kind findest und heimbringst.«

Smilla ließ unausgesprochen, welches Heim sie meinte. Den Lindenbaum oder den Ort ihrer Kindheit? Es kam Bewegung in die Gruppe am Feuer. Der Vater von Smilla brachte einen gefüllten Wasserschlauch, die Mutter brachte Brot und die Schwestern Trockenfleisch, Insekten und ein paar Äpfel.

Olafur nickte.

»Es kommt alles wieder in Ordnung«, sagte er. Smilla war es, die sich zu ihm beugte, ihn auf die Stirn küsste und »Ja« sagte. Und sie war ein kleines bisschen froh über den dunklen Drachen, der sie hierher getrieben hatte. Jungs bekamen den Namen ihrer Väter. Aber Mädchen den ihrer Mutter. Aelia würde eine Brosa werden, Aelia Brosa, die Erste. Geboren in den *tiefen Bergen,* genau wie sie selbst. Begrüßt von ihren Ahnen, den Tanten, den Brosa-Frauen. *Vielleicht,* dachte sie schelmisch lächelnd, *können wir sogar hier ihren Namen feiern.*

Olafur wartete nicht bis zum Morgen. Er rief seinen Drachen Aidar mit einem kurzen Pfiff und ohne Erklärung trieb er ihn an, gen Osten zu fliegen.

ABSCHIED UND AUFBRUCH

Die kleine Höhle war zu weit weg von der Küste, um von dem zu leben, was das Meer noch hergab. Also fischten sie am Fluss, einem Seitenarm des Neun-Drachenkopf-Flusses, sie sammelten Beeren und Kräuter und Moos. Es gab nur kleine Flächen, die man mit einem Holzzaun vor Wild schützen konnte, wenig fruchtbaren Boden ohne Steine und Felsen darin, der Kartoffeln hergab oder Möhren und Bohnen. Die Kinder hatten die Aufgabe, die Gänse zu beaufsichtigen, die Zäune zu prüfen und die Erde zu wässern.

Melih Dor und einige andere betrachteten die neu angelegten Felder, sie zerrieben Erdklumpen zwischen den Fingern, rochen daran, schmeckten mit der Zunge, ob die gewählte Stelle eine gute war – als ginge es um einen heiligen Ort. Sie besprachen umständlich, was sie in den Frühtagen aussäen wollten und welches Feld wofür geeignet war. Sie planten ihre Zukunft. Hier und nicht in Einar.

»Wenn wir genug Salz zusammenhaben«, sagte Melih Dor gerade, »dann kaufen wir einen Ochsen. Alles wird einfacher, wenn wir einen Ochsen haben.«

»Wir müssten einen Stall bauen«, sagte ein anderer und zeigte mit großer Geste an: »Hier wäre ein guter Platz!«

Ambro sah den Männern lächelnd zu und hätte sich nicht gewundert, wenn Melih Dor, geschäftig wie er war, ein bisschen Nektar mit heimgebracht hätte. Der alte Mann kniff die Augen zusammen, sah zum Himmel und sagte zu niemand Bestimmtem: »Es kommt zum Regnen, wir sollten gehen.« Er rieb seine Hände an seinem Gewand sauber. All diese Gespräche und Überlegungen waren Ambro in Burry verborgen geblieben. Er hatte zu Hause in einer Gemeinschaft gelebt, die schon lange zusammengewachsen war und hatte sich nie darüber Gedanken gemacht, wie Gesetze zustande kamen. Hier bildete sich ein neuer Rat, der Regeln aufstellte und Konflikte löste. Es galt, still zu sein, wenn sich alle zur Ruhe gelegt hatten. Jeder tat seine Aufgaben, ohne aufgefordert zu werden. Es war genug zu essen da, aber keiner nahm sich mehr, als ihm zustand. Gewalt war verboten, kein Mensch, kein Drache durfte gegen seinen Willen angerührt werden. Die Strafe war einfach und effektiv. Verbannung. Das war etwas, das Ambro schon früh verstanden hatte. Allein konnte keiner überleben. Wer verbannt wurde, musste nach Einar zurück. Oder derjenige musste ein anderes Dorf aufsuchen, ohne Verbindung, ohne Familie oder Freunde. Das war noch schlimmer.

Ambro lauschte den abendlichen Versammlungen. Er wusste nicht, wie oft seine Eltern früher in Burry an solchen Streitgesprächen teilgenommen hatten. Kinder wie er durften nur zuhören. Die Erwachsenen konnten das Wort erheben, für oder gegen eine Sache sprechen, als Zeuge oder Stimme der Vernunft. Melih Dor unterbrach die hitzigen Diskussionen oft durch ein schlichtes »Warum?« oder »Wozu?«. Während andere lauthals riefen: »Das ist doch unwichtig!«, versuchte Ambro, den Unterschied zu begreifen, welche Frage die entscheidende Antwort brachte.

Warum hast du das gemacht? Wozu ist das gut?

Eins der Kinder hatte die Gänse aus den Augen verloren. Plötzlich waren sie weg. Alle elf.

»Wie können denn elf Gänse verschwinden?«, polterte ein Mann wütend. Er war schon älter, aufgedunsen und faltig. Ambro mochte ihn nicht, er brüllte gleich los, bei jeder Gelegenheit.

Während die Erwachsenen diskutierten, wie das denn passieren konnte und mit welcher Strafe das Mädchen belegt werden sollte, war Nilofar davongeschlichen, die Tiere zu finden. Sie stellte keine Fragen wie ihr Vater. Mitten in der Nacht kam sie zurück. Das kleine Mädchen hatte sich in den Schlaf geweint, weil ihm elf Schläge mit dem Rohrstock blühten, eine Ausnahme vom Grundsatz, dass Gewalt verboten war. Die Männer hatten sich damit abgefunden, keine Gänse mehr zu besitzen.

Als das Geschnatter der Tiere die Höhle ausfüllte, herrschte betretenes Schweigen. Es dauerte einen Moment, dann war die Freude und die Erleichterung groß. Nicht nur auf Seiten des Mädchens, dem die empfindliche Strafe galt. Die Tiere bedeuteten Überleben. Wer konnte sagen, wie hart die Dunkeltage werden würden?

»Ich habe acht Gänse wiedergefunden«, sagte Nilofar. »Ambro kann mir morgen bei der Suche der restlichen Tiere helfen.«

»Gut«, sagte Melih Dor und strich seiner Tochter mit der Hand über ihr dunkles Haar. »Geh jetzt schlafen, Kind.«

Nicht nur die Gänse waren zurück, auch Tibor, Melih Dors Drache. Während alle anderen in ihre Nester krochen und noch darüber reden mussten, wie Nilofar das angestellt hatte, nahm Melih Dor Ambro beiseite.

»Komm«, sagte er und führte ihn zum Höhleneingang. Dort betrachtete er die Lichter am nächtlichen Himmel.

»Nalani sieht man heute sehr gut. Ich erzähle ihr manchmal meine Sorgen«, sagte der alte Mann und strich sich eine Haarsträhne aus dem Gesicht.

Ambro schwieg, studierte die Züge des alten Mannes. Die runzlige Stirn, den verkniffenen Mund. Er kannte das schon. Melih Dor brauchte seine Zeit, um die Dinge zu sagen, die er sagen wollte. Ambro war kalt, er vergrub seine Hände in den Hosentaschen und sah ebenfalls nach oben.

»Hangameh hat dir die Erlaubnis erteilt, weiterzuziehen. Ohne zurückzublicken. Darauf hast du gewartet, stimmts?«

»Ich kann nicht an zwei Orten gleichzeitig sein«, antwortete Ambro leise. »Die Drachen in Einar und die *Mutter aller Wasser …*« Weiter kam er nicht.

»Hast du sie um Rat gefragt?«

»Ja.« Ambro starrte vor sich auf den Boden. Er vermisste die Chronistin. Er hätte gerne mit ihr gesprochen. Offensichtlich hatte sie keinen Brief mitgeschickt, dabei hätte er ein Papier von ihr, etwas, das er anfassen konnte, tröstlich gefunden.

»Sie sagt, sie kümmert sich. Die Chronistin mischt sich nie ein. Du weißt nicht, was das bedeutet, oder? Was sie vorhat?«

»Nein«, gab Ambro zu. »Mehr hat sie nicht gesagt?«

Melih Dor schüttelte langsam den Kopf.

Ambro seufzte. Das war für sie beide unbefriedigend.

»Gutes Gespräch«, sagte Melih Dor und klopfte Ambro auf die Schulter. »Weitermachen!«

Ambro zog fragend eine Augenbraue hoch.

»Weiter... schlafen«, sagte Melih Dor, kratzte sich nachdenklich an der Stirn und Ambro sah, dass er gedanklich schon ganz woanders war.

***

Er war weit genug von der Höhle weg, hier störte ihn kein Kindergeschrei, kein Lachen oder Rufen, auch das Schlagen der Holzfäller verklang dumpf in der Ferne. Ambro wollte in Ruhe nachdenken. Er legte den leichten Rucksack ab, den er sich aus Segeltuch genäht hatte, und zog seinen alten Mantel heraus. Ihm war beim Wechsel seiner Kleidung aufgefallen, dass er einen erdigen Pfotenabdruck von Norwin auf dem Rücken trug und er musste lange nachdenken, bis ihm einfiel, wann und wo Norwin diesen Abdruck hinterlassen hatte. Ambro legte den Mantel auf den Boden, zupfte hier und da noch herum, bis er richtig lag, mit der Außenseite nach oben.

Ambro trug seine neuen, warmen Sachen und schwitzte leicht vom Marsch hierher. Er setzte sich in den Schneidersitz und bemerkte erst jetzt, dass er blaue Tintenflecke an Daumen und Zeigefinger hatte. Er berührte mit beiden Händen das feuchte Gras, doch die Tinte blieb. Es störte ihn nicht, schließlich war er mit seiner Arbeit zufrieden. Den ganzen Morgen hatte er geschrieben, neue Notizen gemacht und sich dann einen Platz gesucht, fernab der Höhle. Er schloss die Augen und genoss die Sonnenstrahlen auf seinem Gesicht. Und so kehrte Ambro, in seine Gedanken versunken, Wort um Wort zurück. Norwins Abdruck hatte wie ein Schutz gewirkt und wie ein Versprechen. Sie waren in Burry gewesen, Ambro hatte geweint, weil alle verschwunden waren, seine Eltern, die Dorfbewohner und mit ihnen alle Drachen. Und Norwin hatte ihn getröstet. Er hatte seine Pfote auf seinen Rücken gelegt und ihn beruhigt.

Den ganzen Morgen sortierte Ambro seine Gedanken und die Papierschnipsel, die noch übrig waren – nach dem Überfall, zusammengetragen von Nilofar. Viele waren es nicht. Ambro fing ganz von vorne an. Nicht erst in Leed. Vorher? Was war vorher?

Pan Domdar? Fing mit ihm alles an? Er hatte Norwin fallen lassen. Von der höchsten Plattform der Schule. Ambro schüttelte den Kopf. Er konnte es nicht enträtseln – noch nicht, war sich aber sicher: Das war nicht der Anfang gewesen. Er erinnerte sich nur an das danach. Die Angst und die Frage: wie weitermachen? Er sollte eine Drachenkunde schreiben. Seine Lehrerin wollte das. Und mit dieser Aufgabe war er zur Chronistin gegangen. Nein, sie hatte ihn eingeladen. Er war den beiden Nevs begegnet. Für jeden seiner Gedanken legte er ein Stück Papier mit kurzen Notizen auf den Mantel. Damit die Papierstückchen nicht wegflogen, beschwerte er sie mit einem kleinen Stein. Er hatte das schon einmal so gemacht und eine Lösung gefunden. Er hatte für dieses Gefühl keine Worte gehabt und dennoch verstanden: *Wenn man etwas aufschreibt, hat es einen Wert. Und: man kann es wieder streichen, löschen oder verbrennen. Ein Wort kann an Wert verlieren.*

Diese Methode würde ihm dieses Mal auch wieder helfen. Ambro erinnerte sich an die Geschichte von Baako und Kande und auch an Dakotas Worte: »So ist es nicht gewesen.«

»Woher weiß sie das?«, fragte Ambro seine ausgebreiteten Notizen. In der Geschichte ging es um den Anfang von Leotrim, um die Verbindung zwischen Menschen und Drachen. Immerzu hörte er die Worte: »Man darf einem Drachen kein Leid zufügen.« Seine Eltern hatten nie viel erklärt, seine Fragen blieben oft unbeantwortet.

Doch das war ein Satz wie ein Gesetz. Ambro musste diverse Ausnahmen erleben, die letzte hatte ihn tief erschüttert. Sein Vater fehlte ihm, mehr noch seine Mutter. »Würdet ihr mir jetzt antworten?«, fragte er und wusste gleichzeitig nicht, was er sie heute fragen würde, wenn sie hier wären.

»Warum ist das alles passiert? Wozu ist das gut?«

Vielleicht waren das alles dumme Fragen, Ambro war sich unsicher. Zu gern würde er wissen, ob seine Hilfe den beiden Nevs etwas gebracht hatte. Ging es ihnen heute besser? Sprach er wieder – der zahnlose Drache NevNev? Ambro stellte sich einen Moment vor, dass seine Einmischung überhaupt nichts gebracht hatte, vielleicht war sogar alles noch schlimmer geworden?

Seine Brust fühlte sich an wie eine riesige Faust, eine geballte Faust, die sein Herz zusammendrückte und die auf einen Tisch schlagen wollte. *Ich will jetzt Antworten, ich habe keine Geduld, bei allen Eisriesen.*

Ambro atmete tief durch, er schloss die Augen, öffnete bewusst seine Hände. Es war kein Tisch da, auf den er hätte einschlagen können. Nachts, wenn er schlief und schlecht träumte, ballte er die Hände zu Fäusten, hob sie ans Kinn und währenddessen bohrten sich seine Fingernägel in die Handflächen. Morgens erwachte er erschöpft, mit schmerzenden Händen und wunderte sich nicht, dass ihm alles wehtat. Seine Träume verblassten, kaum, dass er aufgestanden war. Vielleicht wollte er sich auch nicht daran erinnern, genau konnte er es nicht sagen.

»Weitermachen«, flüsterte er. Ambro betrachtete seine Wörter auf Papier, Dinge, die er gedacht und dann aufgeschrieben hatte. Silván. Viele Geschichten über ihn. Und dann war da noch Zerfass.

Ambro hatte das sichere Gefühl, dass sein alter Lehrer Pan Domdar nicht der Anfang von Norwins und seiner Geschichte war, und deshalb konnte Zerfass auch nicht das Ende sein. Er, Ambro, war der Kartograf von Leotrim. So wollte es Hangameh. Und als Kartograf würde er sich jeden Winkel erlaufen, eine richtige, vollständige Karte anfertigen, er würde alles lernen, was dafür nötig war. Das nahm er sich fest vor. Die Karte von Siek war nur der Anfang. Ambro dachte lange darüber nach – was er gesehen hatte, war ihm wichtig erschienen, war in seine Notizen, seine Zeichnung eingeflossen. Das war seine Betrachtung der Welt, wie er sie vorfand. Er besaß noch Hangamehs Karte, sie war unvollständig, unfertig. *Vielleicht,* dachte Ambro, *ist sie durch viele Hände gegangen?* Die verschiedenen Schriften ließen diese Vermutung zu. Ambro entrollte vorsichtig das Pergament, prüfte die Wolken am Himmel, ob sie nach Regen aussahen und studierte dann die Orte und Namen. Er wunderte sich wieder, dass nur zwei Leuchttürme eingetragen waren, obwohl es laut einem von Melih Dors Büchern acht gab. War die Karte nur ein verzerrtes Bild der Wirklichkeit? Hatte Hangameh *Vincent* eingetragen, weil sie ihn mit eigenen Augen gesehen hatte und die anderen nicht? Aber dann wäre dieses Stück Pergament etwas Lebendiges, etwas, das sich immer wieder veränderte, mit jedem Stift und jedem Menschen, der es in die Hand bekam. Für den einen mochten alle Eintragungen Sehnsuchtsorte sein oder nur seine Einsamkeit.

Und ich? Norwin?

Was sollte er tun? Einar war ein Ort des Schmerzes für ihn – durfte er hinter diesen Namen ein Symbol als Warnung für andere eintragen oder musste er als Kartograf neutral sein? War Einar nur ein Name auf einem Stück

Pergament, ohne Bedeutung? Ambro wollte lieber jemand sein, der »Gefunden, endlich!« ausrief und dann ... »Acht Leuchttürme«, sagte er laut. Mit dem Finger fuhr er die Küste entlang, hinauf zu den Himmelsbergen, auf der anderen Seite wieder hinab. *Velimir.*

»Ich will dich sehen, dich und all die anderen«, flüsterte er.

Zuletzt packte er den Sack mit den Gänsefedern aus. Weiße Gänsefedern. Er wusste nicht, wie lange er hier schon reglos saß. Seine Hose war klamm, der Bodenfrost kroch ihm die Beine hoch und auch seine Hände, die Ohren und die Nasenspitze taten inzwischen weh vor Kälte. Aber er musste das hier noch machen, bevor er zurück zur Höhle ging. Oben am Kragen fing er an, die weißen Gänsefedern mit Nadel und Faden zu befestigen. Jede einzelne nähte er an, zwei Stiche, ein Knoten. Es dämmerte, bis Ambro alle Federn angebracht hatte und der Mantel so aussah, wie er aussehen sollte: Silváns schmutzig-weißes Federkleid. Ambro fühlte, dass alles, was passiert war, irgendwie mit dem alten Kindshüter zusammenhing. »Die *Mutter aller Wasser* hat mich gerufen. Also hat sie mir auch etwas zu sagen«, meinte Ambro, mehr zu den Lichtern als zu sich.

Heute Nacht würden sie aufbrechen. Er konnte die Dunkeltage nicht abwarten. Er war nicht dafür gemacht, hier zu sitzen und Gänse zu hüten. Er musste wissen, welchen Pfotenabdruck er noch übersehen hatte. Was der wirkliche Anfang war.

***

»Du bist ein guter Läufer«, sagte Ambro zu seinem Smok und es war keine Frage.

»Ja«, sagte Norwin. *»Kletter auf meinen Rücken, ich werde dich tragen.«*

DIE MACHT DER WORTE

Hangameh erreichte das Dorf Arlie erst nach Einbruch der Dunkelheit. Sie wollte kein Aufsehen erregen und von so wenigen Menschen wie möglich gesehen werden. Diese Angelegenheit war heikel und nicht offiziell. Sie war hier nicht als Chronistin. Ihr Buch hatte sie nicht mitgenommen und auch nicht vor, irgendwelche Notizen zu machen. Ambro brauchte Hilfe. Nein, nicht er selbst … Hangameh überlegte, wie sie erklären sollte, was genau sie wollte. Und für wen.

Der Zeitpunkt war gut gewählt, viele der Bewohner waren schon in die Winterstatt umgezogen, und diejenigen, die noch in ihren Baumhäusern lebten, schliefen schon. Die meisten Menschen hatten keinen Begriff von Zeit. Sie standen mit der Sonne auf und gingen mit ihr schlafen. Tagsüber erledigte jeder seine Aufgaben und so war nie jemand in Eile oder unpünktlich. Selbst jetzt – Hangameh konnte den Schnee schon riechen – war immer noch genug Zeit, zu packen, umzuziehen und die Feuerschalen auszukehren. Hangameh kannte den Brauch, die letzte Asche der Spättage in den Wind zu streuen, bevor es in die Winterstatt ging. Wieder eine Sache, die sie nicht tat, da sie ungeachtet der Jahreszeiten in ihrer Höhle lebte. Jede Familie zelebrierte diesen Umzug auf ihre Weise, zum selbst gewählten Zeitpunkt und so wunderte sie sich nicht, dass Odd Domdar allein auf einer kleinen Holzbank saß, sich die Hände am Feuer wärmte und gedankenverloren vor sich hinstarrte. Als hätten sie sich verabredet, sah er auf und schien nicht überrascht.

»Guten Abend, Odd«, sagte Hangameh, legte ihre rechte Hand auf ihre Brust und verbeugte sich leicht.

Odd stand langsam auf, erwiderte den Gruß aber nicht. Hangameh musterte ihn. Er hatte zugenommen seit ihrer letzten Begegnung, er sah wieder kräftiger aus, gesünder. Seine beginnende Glatze glänzte im Feuerschein, er sah aus wie ein Junge, der erfolglos versucht, sich einen Bart wachsen zu lassen. Odd strich sich verlegen über die Bartstoppeln.

»Ich wusste, dass du kommst«, flüsterte er und sah sich um. Die Feuerschalen in der Nähe waren alle kalt und dunkel, es war niemand in Hörweite. Die Chronistin konnte ihn doch besuchen, daran war nichts Verwerfliches, nichts Geheimes. Und doch …

»Darf ich Platz nehmen, an deinem Feuer?«, fragte Hangameh. Odd Domdar nickte langsam.

»Natürlich, Chronistin. Entschuldigung. Nimm Platz. Willst du einen Becher Honigwein? Es ist kalt.«

Hangameh sah die knorpeligen Hände und wusste, sie mussten eiskalt sein. Er saß hier, wie um sich zu strafen, als hätte er keinen Platz in der warmen Höhle, in der Mitte der Gemeinschaft verdient. Es mochte ihm besser gehen, aber er war noch weit entfernt davon, dass es ihm wieder gut ging.

Hangameh nickte. »Hast du sie gefunden?«, fragte sie unvermittelt. Leeres Gerede war nicht ihre Stärke.

Odd Domdar antwortete nicht. Er griff in die Truhe, in der er sein Geschirr aus Holz verwahrte und holte einen schlichten Becher heraus. Der Schlauch mit dem Honigwein lag nahe der Feuerschale, um den guten Tropfen zu wärmen, aber nicht zu kochen. Odd ließ sich Zeit, tat jeden Handgriff bedacht und vorsichtig. Hangameh wusste nicht, ob er Zeit schinden wollte oder einfach nicht schneller konnte, weil er durchgefroren war. Sie wartete geduldig, bis er ihr den gefüllten Becher reichte und sich endlich zu ihr auf das Bänkchen setzte.

»Ich habe sie gefunden.« Odd sprach leise, knetete seine Finger, wischte immer wieder die Handflächen an seiner Hose ab, als wären sie schweißnass. Hangameh kam er sehr fahrig, sehr unglücklich vor.

»Und?«

»Nichts und.« Odd starrte ins Feuer. Wie Hangameh suchte er nach den richtigen Worten.

»Sie ist hier in der Nähe geblieben. Sie will nicht bei mir sein, im Dorf – ohne Siostra. Ich verstehe das. Heim will sie aber auch nicht, in die Himmelsberge. Ich glaube, sie ist sehr allein.«

Odd machte eine Pause, seufzte schwer und sah Hangameh das erste Mal richtig an. Der Feuerschein machte seine Züge weich, das täuschte aber nicht darüber hinweg, dass er auch sich meinte. Dabei hatte er ja noch seinen Smok. Hangameh sah sich um. Erst jetzt bemerkte sie, dass Odds Drache, sein Smok, nicht da war.

»Er bleibt nachts bei ihr«, sagte Odd schulterzuckend. »Damit sie nicht ganz allein ist.«

»Hat sie dir verziehen? Du hast sie geschlagen, beschimpft …«

Odd hob die Hand. »Ich weiß, du musst mir nicht sagen, was ich getan habe. Ich glaube, sie hat mir verziehen. Aber deshalb ist noch nicht wieder alles gut. Meine Schwester fehlt mir. Mein Stand hier im Dorf ist … schwer«, presste er hervor. »Ich darf nicht mehr als Lehrer arbeiten. Ich bin kein Pan mehr.«

»Warum, was ist passiert?«

»Ich habe dem Rat vorgetragen, was passiert ist. Alles. Meine Schwester. Und der Drache.«

»Norwin.«

»Ja, Norwin«, sagte Odd leise. Voller Bedauern. Er trank einen großen Schluck. Hangameh hatte ihren Honigwein noch nicht angerührt, nur ihre Hände am Becher gewärmt.

»Sie sagten, das war nicht recht, was ich getan habe. Und das, obwohl sie ihn nicht gesehen haben, seinen Flügel. Ich weiß nicht, wie ich in Burry damit durchkommen konnte. Sie waren dort sehr nachsichtig mit mir.«

»Du hast gesagt, dass du etwas tun willst. Für jemanden.«

Odd nickte. »Ja, aber dafür brauche ich eine Chance. Jemanden, der sagt …«

»Du brauchst keine Erlaubnis dafür. Nur eine Gelegenheit«, unterbrach ihn Hangameh.

Odd Domdar sah sie verwundert an. »Eine Gelegenheit. Gut, dann das.«

»Ich hätte eine.« Hangamehs Worte bekamen Flügel, sie waren leicht dahingesagt und hatten große Wirkung. Odd riss die Augen auf. Er hatte sie verstanden und regelrecht darauf gewartet. Er hatte es so satt, sich schlecht zu fühlen.

»Was soll ich tun?«

»Nimm deinen Smok. Und den deiner Schwester. Sag ihnen, dass sie gebraucht werden. Geh mit beiden nach Einar. Wenn du dort bist, wirst du sehen, was zu tun ist.«

Hangameh überlegte einen Moment, ob sie noch mehr sagen sollte. Eigentlich war sie jetzt schon zu weit gegangen. Sie hatte sich in Geschehnisse eingemischt – das war etwas, das ihr nicht zustand. Sie war die Chronistin, sie schrieb auf, was passierte. Sie lenkte nicht, sie verhinderte nicht, änderte nicht den Verlauf der Geschichte.

»Die Drachen«, fügte sie nun übermütig hinzu, »haben ihre eigene Sprache. Du wirst deine beiden Drachen brauchen, um zu sprechen. Diejenigen, die Hilfe brauchen in Einar, vertrauen keinem Menschen mehr.«

Hangameh trank endlich aus ihrem Becher, die süße Flüssigkeit rann ihr warm die Kehle hinab und sie redete sich ein, es wäre der Honigwein, der ihr in alle Glieder fuhr, der in allen Zellen kribbelte, und nicht die Angst.

Odd Domdar wusste, was er zu tun hatte. Hangameh meinte sogar, ein Lächeln in seinem Gesicht gesehen zu haben. Seine Sachen waren schon gepackt. Er konnte gleich bei Sonnenaufgang losgehen und etwas tun. Für jemanden. Aus seiner Schuld heraus.

***

Und Yari überquerte eine weitere Brücke, diesmal über den Neun-Drachenkopf-Fluss, in der Nähe von Fafnis.

FEUERWUNDEN

Nerina konnte nicht mehr. Er flog tiefer und tiefer, bis er dem Boden nah genug war, um Dakota loslassen zu können. Er wollte das Gras unter sich, den kalten Boden der Spättage, nicht mit den Vorderfüßen berühren und wusste nicht, wie er landen sollte, nur mit seinen Hinterbeinen.

Dakota brannte nicht mehr. Sie war wie das Öl einer Lampe. Das Feuer verbrauchte sie, verletzte sie aber nicht. Ihre helle Haut war unversehrt, nur die feinen Härchen waren verbrannt. Sie glühte noch, als hätte sie Fieber. Doch aller Schweiß war aufgebraucht, das Feuer endlich verloschen. Sie war verwirrt, erschöpft, kaum bei Sinnen. *»Lass los«*, flüsterte sie matt. Und er tat es. Er ließ los, sie schlug auf dem Boden auf, der Länge nach, wie schon zuvor in der Höhle. Nerina stieg wieder auf, sammelte Mut, Kraft und alle Verzweiflung für das, was nun kommen musste. Bis jetzt hatte er nicht gewusst, was Schmerz war. Wirklicher Schmerz. Er war noch nie derartig verletzt gewesen. Wie Feuer wirkte, auf der Haut, an und in ihm, war neu für ihn.

Dakota lag im Gras und rührte sich nicht. Der Wind kündigte harte Dunkeltage an, er war schneidend und kalt.

Nerina fiel zu Boden wie ein Sack Kartoffeln, sein Körper breitete sich aus wie eine schwarze Lawine. Er legte die Flügel nicht an, sondern stützte sich mit seinen fünf Fingern, die jede Flügelhand bildete, am Boden ab. Er drückte seinen verbrannten Oberkörper hoch, seine Vorderbeine hingen in der Luft. Nerina keuchte, stöhnte, beugte den Kopf nach vorn, bis seine Nase das kühle Gras berührte. Er atmete lange Züge, als ließe sich der Schmerz weg atmen. Er schloss die Augen. Das war also Schmerz und Feuer und nicht tot sein. Holoschs Finger waren an ihm, er spürte es, brennende, lange Finger, die ihn umfingen. Er dachte nur noch eins: *Nicht sterben! Noch nicht.*

Dakota raffte sich auf, krabbelte zu ihm, unter dem linken ausgebreiteten Flügel hindurch, um sich anzusehen, was sie angerichtet hatte.

»Es tut mir so leid. Das wollte ich nicht. Es tut mir leid.«

Tränen rannen ihr übers Gesicht. Sie war nackt und unverletzt. Eigentlich. Ihre Knie waren blutig, ihre Hände aufgeschürft. Nun kamen noch Grasflecken dazu, sie fühlte sich zerschlagen, als wäre sie aus großer Höhe gefallen. Dabei waren es kaum zwei Ellen gewesen. Alles tat ihr weh.

Sie kniete sich hin, besah sich ihre Blessuren und Nerinas Verbrennungen. Ein Drache hielt einiges aus. Feuer ... nicht. Die Haut an Nerinas Vorderpfoten war weg. An ihrer statt sah Dakota rotes, offenes Fleisch.

»Es tut mir leid«, stammelte sie wieder. Sie sah sich um.

»Bis zur Höhle der Chronistin ist es nicht weit. Dort kann ich dich versorgen, deine Wunden ...« Dakota stockte.

»Schaffst du noch ein Stück? Kannst du noch fliegen?« Dakotas Stimme war Flehen, Hoffen, Bitten.

Nerina sog die Luft scharf durch die Nase, jeder Atemzug klang wie ein Messerhieb. Er hob den Kopf, sehr langsam. Nickte.

»Rücken«, sagte er müde.

Dakota verstand. Sie sollte auf seinen Rücken klettern, weil er sie nicht mehr tragen konnte.

»Nein«, sagte sie, »du fliegst, du kennst den Weg. Hangameh wird dir helfen. Ich renne.«

Sie kroch unter dem Flügel hervor, stand auf und berührte mit den Händen sein Gesicht.

»Stirb nicht. Flieg!«

Nerina erhob sich, schlug mit den Flügeln, müde und schwerfällig. Er hob ab, es kostete ihn alle Willenskraft. Dakota wies ihm den Weg, betrachtete den Drachen von unten, wie er an Höhe gewann, zur Seite kippte, wieder die Kontrolle erlangte und sich dann vom Wind tragen ließ.

Dakota brüllte mowarisch: *»REM!«*

Sie brauchte ihren alten Freund, seine Hilfe. Dann rannte sie los. Die Küste entlang. Nerina war über ihr, kaum schneller als sie.

Sie mussten es schaffen. Dakota rannte, so schnell sie konnte. Einen halben Tag lang. Eine gefühlte Ewigkeit. Dakota fror entsetzlich. So kalt war ihr in ihrem ganzen Leben noch nie gewesen.

***

Rem hörte sie sehr wohl, reagierte aber nicht. Der Wasserdrache musste eine Entscheidung treffen – Krywult war sein Broder. Er war mit ihm verbunden, nicht mit Dakota. Und Krywult brauchte ihn nun mehr denn je. Eine Zeile, ein paar Wörter auf einem Fetzen Papier machten aus Krywult wieder diesen zornigen, verzweifelten Jungen, der nicht ankam gegen die Welt, der er ausgeliefert war, und nicht selbst bestimmen oder lenken konnte, was geschehen sollte.

Rem war da, als Krywult das Briefchen fand, aber Rem konnte nicht lesen und nur zusehen, wie Krywult das Papier zusammenknüllte, es ins Feuer warf und anschließend die Einrichtung seiner Wohnstatt zusammenschlug. Ein Fausthieb und die dünne Tischplatte brach entzwei. Die Stühle zertrümmerte er an den Wänden, einen nach dem anderen. Er trat gegen die Feuerschale und hieb auf diverse Regalbretter ein. Geschirr, das er zu fassen bekam, warf er durch den Raum, gegen die Wände, in den nächsten Flur hinein. Als er seine Axt sah, bekam Rem es mit der Angst zu tun, duckte sich in eine dunkle Nische und hielt den Atem an. Krywult rannte an ihm vorbei, aus der Winterstatt hinaus, zum Strand hin.

Die Bewohner von Kusten kamen, um sich das Spektakel anzusehen. Krywults Wutanfälle waren allseits bekannt, ein Schauspiel, das lange Zeit für Gesprächsstoff sorgte. Dieses Mal stellten sich auch seine Mutter und seine Schwester oben zu den Leuten. Sie wussten nicht, was ihn so wütend gemacht hatte, ahnten es aber. Dakota war nirgends zu sehen.

Rem schlich an den Strand und wartete dort Krywults Wutanfall ab. Er hörte Dakotas Hilferuf, aber er sah seinen Broder in seiner Verzweiflung. Sie war gegangen, ohne ein Wort, ohne ihn. Rem blieb, wo er war, hier gehörte er hin und wenn Krywult erschöpft war, wenn er nicht mehr wüten konnte, würde er ihn heimbringen, bei ihm bleiben – Rem sah die Küstenmauer, sah die anderen, die auf sie beide herabschauten, als wäre das hier das lustige Schauspiel einer Gauklertruppe.

Krywult schlug mit der Axt auf das Gerüst seines Drachmasters ein. Mit beiden Händen hielt er sein Werkzeug, das jetzt zweckentfremdet war, weil er nun damit zerstörte, nicht baute.

»Sie w-wollte mit mir übers W-wasser!«, brüllte er und schlug zu, dass die Späne nur so davonflogen. Sein W-Stottern war noch ausgeprägter als sonst, was ihn noch wütender machte. Jedes W-Wort kostete ihn Kraft. Seine Hände schmerzten, sein Kopf war hochrot und pochte, als würde er sich selbst mit der Axt schlagen, nicht das Holz seines Bootes. Es hätte ein Boot werden sollen, seines. Sein erstes. Er hatte es sich so schön ausgemalt. Sie, er und Rem. Er hatte keinen Tag auf dem Wasser verbracht – nach dem Tod seines Vaters –, er hatte noch nie etwas auf See draußen gefangen, kein Fischlein, keine Alge, nichts. Aber mit ihr hätte er sich getraut. Für sie wäre er ein Fischer geworden, sie hätte er übers Wasser gefahren, hingebracht, wohin sie wollte, einmal um Leotrim herum, wenn nötig, und wäre dabei nicht allein gewesen. Keinen Tag mehr. Und während er brüllte und Holz schlug und sich lächerlich machte, wusste er, dass sie ›Ich‹ gesagt hatte und nicht ›Wir‹. Dass sie ihre Wurzeln finden wollte und allerhöchstens an Rem dachte, aber doch nicht an ihn. Warum sollte sie an ihn denken? Sie war ja nicht verliebt. Sie hatte nichts gesagt, nichts gefühlt oder angedeutet.

»Ich schon«, sagte er und ließ die Axt fallen, selbst überrascht über seine Worte. Er ließ sich auf den steinigen Strandboden fallen, von hinsetzen konnte nicht die Rede sein. Er winkelte die Beine an, saß vornübergebeugt und schluchzte mit hängenden Schultern still vor sich hin. Die Wutwelle ebbte ab und Rem traute sich endlich wieder zu ihm hin. Er schlich hinter seinen Broder, lehnte mit seinem Oberkörper gegen Krywults Rücken und wartete mit ihm ab, dass dieses Gefühl, verlassen worden zu sein, kleiner wurde. Weniger, so wie die Wut.

»Sie sagt, sie kommt w-wieder«, sagte Krywult. Er sprach leotrisch, seine Stimme klang brüchig, als hätte er eine sehr lange Zeit nicht gesprochen. »Vielleicht kommt sie tatsächlich w-wieder. Aber ich dachte, w-wir w-würden zusammen ...« Mit dem rechten Ärmel wischte er sich über die Augen, schüttelte sich dann und richtete sich wieder auf.

»Hilft ja nichts, hier rumzuheulen«, sagte er und glaubte sich kein Wort. Rem auch nicht.

Rem rückte von ihm ab, ging einmal um seinen Broder herum, um ihm ins Gesicht sehen zu können.

»Du hast drei Möglichkeiten«, sagte der Drache mowarisch und erinnerte seinen Broder daran, was sie füreinander waren.

»Ach ja?«, sagte Krywult und in den zwei Worten lag seine Verzweiflung, seine Traurigkeit und ein ganz kleines bisschen Hoffnung.

»Du bleibst hier, bleibst unglücklich.«

Krywult ließ wieder den Kopf hängen, nickte unmerklich und starrte dabei zu Boden.

»Du baust das Boot wieder auf. Und wir beide verschwinden von hier.«

Krywult sah auf, mit gerunzelter Stirn und schräg geneigtem Kopf. Solche Worte von Rem, das gab es noch nie.

»W-was ist die dritte Möglichkeit?« Er ahnte es aber schon.

»Du gehst ihr nach, sagst ihr, dass du sie magst und siehst dann, was passiert. Vielleicht muss sie allein machen, was sie gerade tut. Aber sie weiß dann, dass du nicht irgendjemand bist, sondern ...«

»Morin«, unterbrach Krywult den Redeschwall von seinem Smok. Er sagte seinen Namen laut und leotrisch, fast mit Stolz. Rem nickte langsam.

Krywult strich sich mit der Hand übers Gesicht, seine Bartstoppeln kratzten seine Handfläche. Er sah nach oben, ganz langsam wanderte sein Blick vom Strand die Küstenmauer hoch, dieses verdammte Ungetüm, das schon sein ganzes Leben lang zwischen ihm und anderen Menschen gestanden hatte, weil sein Vater diesen Weg gewählt hatte, um von ihm wegzukommen.

»Sie nennt mich Morin.«

»Das ist dein Name.«

Krywult lächelte. Ja, das war sein Name. Er konnte die Vergangenheit nicht ändern. Aber seinen Weg, von hier aus.

»W-weißt du, w-wo sie hinw-will?«

»Übers Wasser, zu Olin. Aber das schafft sie nicht ohne Hilfe.«

Krywult raffte sich auf und als er endlich stand, sog er die Luft scharf ein. Da war der saure Geruch des giftigen Meeres, vermischt mit Fisch, verwesenden Algen und Salz.

»Ich w-werde jetzt einen Drachmaster stehlen. Kannst du damit leben?«

Rem konnte. Er rannte los, stürzte sich in die Wellen und tauchte ab. Krywult lief zum Steg, das letzte Boot, das dort angebunden war, sollte nun seines werden. Er sprang hinein, löste den Knoten und legte die Ruder in die Rudergabel. Krywult hörte Geschrei, empörte Rufe, einige Männer rannten schon die Steintreppe hinab, um ihn aufzuhalten. Krywult hatte aber nur Augen für seine Mutter und seine Schwester. Er stand auf, bemühte sich, nicht aus dem Boot zu fallen und winkte ihnen zu. Seine

Wut war verschwunden, er lächelte sogar. Beide Frauen winkten, rannten nicht, riefen nichts. Es war Zeit für ihn, zu gehen und sie wussten es. Dakota hatte etwas in ihm angestoßen, sie hatten es gesehen. Krywult ruderte aus dem Hafen, als wäre das völlig normal für ihn. Seine Hände erinnerten sich, er musste nicht einmal nachdenken, was zu tun war. Er war der Sohn eines Fischers. Auch wenn er das lange verleugnet hatte – das Wissen war in seinem Blut.

Senkschwert herablassen, Segel setzen, den Wind den Rest machen lassen.

Rem tauchte aus dem Wasser auf, kletterte an Bord und legte seinem Broder einen kleinen Krebs vor die Füße. Er lebte noch und versuchte, sogleich zu fliehen. Rem ließ das nicht zu.

»Nach Norden also, die Küste rauf«, sagte Krywult. Mehr zu sich als zu Rem.

Wieder einmal war es Videt, die ihren Platz verließ. *Was ist nur los mit diesen Menschen?*, fragte sie sich. *Macht das Meer sie alle verrückt?*

Dakota hatte wirklich etwas angestoßen. Oder eine andere Kraft, das konnte Videt nicht genau sagen. Wieder schwebte sie über dem Hafen von Kusten, unten standen die Bewohner aufgeregt am Ufer, ein paar rannten den Steg entlang und führten sich auf, als hätten sie vergorenes Obst gegessen.

Videt pflückte Krywult von seinem Boot, so wie man eine seltene Blume pflückt; vorsichtig. Sie stieg empor, um den Fischer, der keiner war, zurückzubringen. Sein Vater mochte ihm vieles beigebracht haben, doch damals war er ein Junge gewesen und nichts davon hatte er die letzten Jahre angewendet. Die Wasserdrachen brachten das Boot zurück in den Hafen, der Besitzer band es zornig an einem Poller fest und brüllte mit erhobener Faust alle Flüche, die er kannte.

Krywult schlug um sich, ob dieser sinnlosen Rettungsaktion, strampelte mit den Beinen, wand sich in Videts festem Griff. Schließlich boxte er mit beiden Fäusten nach oben, gegen ihre Brust. Es war ein Reflex – der Schmerz ließ sie die Flügel an den Körper ziehen, sie verlor plötzlich an Höhe.

»Lass mich runter, lass mich sofort runter, du …«

Bevor er eine Beleidigung von sich geben konnte, ließ Videt wirklich los. Krywult fiel. Videt war zu ihrem Platz oben an der Küste zurückgekehrt. Der Boden war nicht gefroren, so kalt war es noch nicht. Aber Höhe und Härte reichten aus, um Krywult beide Beine zu brechen. Die Drachin landete neben ihm, sie hatten es beide gehört – seinen dumpfen Aufprall und das Knacken, das all seine Hoffnung zunichtemachte.

Krywult schluchzte erstickt. Er lag auf dem Bauch, mit geballten Fäusten, und vergrub sein Gesicht in seiner Armbeuge. Er war müde und hatte keine Kraft mehr, zu wüten. »Das hast du mit Absicht gemacht«, sagte er und ergab sich dem Schicksal. »Ich komm hier nie w-weg.« Es waren nicht seine Beine, die am schlimmsten schmerzten. Videt sagte nichts. Was brachte es jetzt noch, zu erklären: *»Du hast mich geschlagen, ich konnte dich nicht mehr halten.«* Es war, wie es war.

***

Nerina wusste, er konnte mit seinen Verletzungen nicht den Höhleneingang ansteuern, auf halber Höhe der Klippen. Dem Schmerz ergeben, schloss er die Augen und landete wie zuvor plump auf den Hinterbeinen, er nahm die Flügel zu Hilfe, um sich abzustützen und nicht mit den Vorderpfoten oder der Brust den Boden berühren zu müssen. Er keuchte und zitterte am ganzen Leib. Der kühle Wind, der sich in seinem Gefieder austobte, half kaum. Nerina war halb blind vor Schmerz, mit Tränen in den Augen, er wusste nicht, was mit ihm geschah. Seine Sinne versagten ihm, er hörte nichts, alles in ihm war Marter. Die Gedanken *Stirb nicht* und *Wann hört das auf?* wechselten sich ab.

Es war Nacht geworden, als Dakota ankam. Sie sah Nerina schemenhaft im Gras liegen. Es gab zwei Eingänge zu Hangamehs Höhle. Der große meerseitige Zugang, den die Drachen und die meisten Besucher nahmen und ein geheimes Einstiegsloch, oben an der Küste. Vier große Steine, mitten in der grünen Landschaft, markierten den Zugang. Dakota stieg geschwind und sehr geschickt hinauf – wer von dem Einstieg nichts wusste, sah ihn nicht. Diverse Schafhüter hatten sich schon an die Steinformation gelehnt oder gar oben gesessen und sich gesonnt. Wanderer kamen vorbei, Drachen flogen darüber hinweg. Sie sahen nur moosbewachsene Steine, graugrüne Findlinge, wie achtlos hingeworfen auf einen Haufen, vielleicht von einem Eisriesen, der hier Kieselwerfen gespielt hatte. In der Mitte dieser vier Steine, von blassem Gras verdeckt, führte eine Wendeltreppe nach unten. Dakota kletterte vom Stein hinab in das dunkle Loch, sie wusste blind, wo der erste Tritt war, und verschwand, wie vom Erdboden verschluckt.

Nerina beachtete sie nicht. Er war mit Atmen beschäftigt, mit Aushalten, mit Überleben.

Dakota schrie nach Hangameh. Oben konnte man Dakota rufen hören – wenn man dazu in der Lage gewesen wäre, Nerina war aber zu sehr bei sich, in sich, allein mit seinen Feuerwunden.

Und Olafur war noch zu weit weg. Getragen von Aidar sah er einen riesigen, schwarzen Drachen im Gras liegen, mit ausgebreiteten Flügeln, bedrohlich, selbst jetzt noch wirkte Nerina wie eine Naturgewalt. Aidar zögerte, wollte umkehren, sich verstecken, am besten in Luft auflösen.

»*Weiter!*«, brüllte Olafur.

Aidar flog näher heran, setzte seinen Broder behutsam ab, bevor er selbst geschmeidig zu landen kam. Hinterpfoten, Vorderpfoten und die Flügel hübsch an ihren Platz. Aidar und Olafur standen vor dem schwarzen Drachen, sahen winzig aus im Vergleich zu ihm, fühlten sich auch so, angesichts der dunklen Masse vor sich.

Olafur sah sie zuerst, die schweren Verletzungen. Er machte einen Schritt auf Nerina zu und dachte dabei an Ambro, an Norwin, an so vieles gleichzeitig.

Was, wenn einer von ihnen irgendwo so verletzt liegt? Olafurs Gedanken überschlugen sich. *Ich muss sie finden. Was kümmert mich der Lindenbaum? Ich kann überall leben, mit meinem Jungen, ich will meinen Jungen wiederhaben. Smilla, meine Smilla und das kleine Mädchen, sie brauchen mich. Uns. Ich muss zurück. Dieses Braun überall und die tiefen Berge, daran gewöhne ich mich schon. Ambro, wo ist Ambro?*

Und während Olafur all das dachte und die Hand ausstreckte, um den Schwarzen zu berühren, rannte Dakota die Treppe wieder hinauf. Sie hatte sich einen Mantel übergeworfen und zitterte mindestens so sehr wie Nerina.

Olafurs Hand berührte Nerinas Nüstern, er sagte: *»Sch«*, wie man es zu einem kleinen, weinenden Kind sagt und Dakota tauchte auf, oben auf der Steinformation stand sie, während Nerina seine Nase gegen die warme, tröstende Hand drückte und wünschte, die Berührung wäre eine Geste seiner Mutter.

Dakota brüllte aus Leibeskräften: »Sie ist nicht da!«

Olafur erschrak. Aidar duckte sich, als hätte jemand nach ihm geschlagen, nur Nerina rührte sich nicht. Olafur starrte hinauf zu dem rothaarigen Mädchen. Es war bei Ambros Verbindungszeremonie dabei gewesen. Daran erinnerte er sich.

»Sie ist nicht da!«, brüllte Dakota wieder. All ihre Verzweiflung und Angst und Schuld schwangen in dem Satz mit.

»Die Chronistin?«, fragte Olafur zurück.

Dakota nickte. Ihr knickten die Beine weg, wie ein Häufchen Elend saß sie da und schluchzte. Sie bedeckte ihr Gesicht mit beiden Armen. Sie war schuld an all dem hier – Nerina verletzt, Krywult zurückgelassen und Hangameh verschwunden. »Ich bringe nur Unheil«, sagte sie und meinte es auch so.

Eine Brandwunde und eine Menschenhand zu versorgen, das war nicht schwer, das hätte sie gekonnt. Doch sie hatte Nerina verbrannt, ohne zu wissen wie, und einen Drachen mit so schweren Verbrennungen vor Holosch zu bewahren, ließ ihre Angst nicht zu. Ihr Denken war blockiert, schwarz wie Nerinas Körper.

»Hör auf, Mädchen«, sagte Olafur bestimmt. »Hol alle Spinnweben, die du in der Höhle finden kannst. Ich brauche saubere Leinentücher, Schalen und Eier, wenn du hast.«

Dakota wischte ihre Rotznase am Ärmel ihres Mantels ab, fasste sich, nickte und verschwand wieder.

»Ich werde dir helfen«, flüsterte Olafur.

Aidar erhob sich lautlos. Ihm galten dieselben Anweisungen wie Dakota.

Aidar brachte Hühnereier, fast zehn Stück, geraubt aus einem Stall ganz in der Nähe. Dakota rannte in einen Gang im Archiv, der seit langer Zeit unbenutzt war, und kam, ganz umhüllt von Spinnweben, wieder zurück. Sie brachte mehrere Schalen und die Leintücher, die Olafur verlangt hatte.

»Reiß sie in Streifen«, sagte er. Dakota gehorchte wortlos.

Olafur trennte das Eigelb und das Eiweiß in zwei Schalen, seine Hände taten ruhig ihre Arbeit. Er war ein Hüter des Feuers, obendrein Bäcker. Mit Brandwunden kannte er sich aus. Er hatte viele Lehrlinge gehabt, sie alle waren unnütze Tölpel gewesen in der ersten Zeit. Er tunkte die Spinnweben in das Eiweiß und legte sie dann, Stück um Stück und Schicht um Schicht auf Nerinas Wunden. Erst die Pfoten. Als die schlimmsten Feuerwunden versorgt und gekühlt waren, entspannte sich Nerina, öffnete kurz die Augen, sank erschöpft zu Boden und fiel auf die Seite, wie niedergestochen.

Olafur arbeitete weiter, legte Spinnweben auf offene Stellen, Dakota ging noch mal los, Spinnweben holen und eine Fackel. Es wurde langsam dunkel. Nach allem, was sie angerichtet hatte, wollte sie kein Feuer mehr sein, nicht hell, nichts. Die Nacht war über sie hereingebrochen, es war kalt und es nieselte leicht. Dichte Wolken hingen tief wie ein Teppich über allem.

»Aidar«, befahl Olafur, »wärm ihn.«

Der Drache legte sich zum Schwarzen hin, an seinen Rücken, berührte mit der Nase dessen Hinterkopf, schnaubte und wäre der andere nicht schwarz gewesen, er hätte meinen können, sie wären Nestbrüder in den Himmelsbergen. Dakota brachte eine Decke, frisches Wasser und ein paar eingelegte Insekten.

Als das Eiweiß mit den Spinnweben getrocknet und zu einem Pflaster geworden war, legte Olafur noch die Streifen Leintücher über die Wunden.

So blieben die vier beieinander und warteten die Nacht ab. Dakota flüsterte immer wieder: »Stirb nicht. Es tut mir leid.«

Olafur dachte an Ambro und daran, dass alles gut werden würde, wenn er ihn erst gefunden hätte.

Sie wären wieder eine Familie und er würde besser achtgeben, auf alle. Smilla und Ambro und Aelia. Aidar und Tara und Norwin und ... bald noch ein Drache. *Du bist bestimmt schon geschlüpft.*

»Niemand stirbt hier«, sagte er und versuchte, zuversichtlich zu klingen.

Aidar sprach die Sprache der Drachen, er kollerte und erzählte Geschichten von den Himmelsbergen, den Ammen, der Mutter, der Geborgenheit im Nest.

Nerina schlief. Seine Träume sagten: *»Stirb nicht«,* und sie klangen ein bisschen wie die *Mutter aller Wasser.*

***

Nerinas Atem ging gleichmäßig und ruhig. Auch Aidar war eingeschlafen, kollerte nicht mehr. Olafur meinte, die Nacht atmen zu hören, aber es war wohl nur ein Gemisch aus dieser eigentümlichen Gemeinschaft hier. Olafur sah zum Himmel hinauf, konnte die Lichter aber nicht sehen. Er schloss die Augen, er musste sie nicht sehen, um zu wissen, welches Sternbild wo war und bat die *Bärin im Winterschlaf* um Hilfe. *»Wir brauchen deine Kraft«,* sagte er mowarisch.

Es war dunkel. Sehr dunkel. Dakota hatte die Fackel nicht entzündet, nichts gegessen, sie schlief auch nicht.

»Was ist eigentlich passiert?«, fragte Olafur.

Dakota saß vor Nerinas Gesicht, immer noch in ihren Mantel gehüllt und vereinzelt von Spinnweben bedeckt. Sie hatte sogar welche im Haar. Olafur konnte nur ihre Umrisse sehen, wie sie die Arme um die Knie geschlungen hatte und ihren Oberkörper vor und zurück wippte. Sie gab keinen Laut von sich.

Olafur stand leise auf, setzte sich zu ihr und legte einen Arm um sie. Er hüllte sie ein, in seine Umarmung und seinen Mantel, schließlich trug sie keine Schuhe und hockte schon die ganze Zeit in dieser Kälte im feuchten Gras.

Dakota legte ihren Kopf an seine Schulter, schloss für einen Moment die Augen. Nur ganz kurz.

»Ich war das«, sagte sie schließlich, sehr leise.

»Wie hast du das gemacht?« Olafur zupfte eine Spinnwebe aus ihrem Haar und streichelte ihr über den Kopf. Ambros Haar war weich und lockig und viel länger als Dakotas. Olafur bemerkte nicht nur diesen Unterschied, sondern auch den Geruch. Ihre Haarspitzen waren angesengt und teilweise verklebt. Sie roch wie eine ausgekühlte Feuerschale – bevor man die Asche auskehrte.

»Ich bin Feuer«, sagte Dakota müde, als wäre damit alles geklärt.

»Aha«, sagte Olafur. »Schlaf ein bisschen, Feuermädchen.«

BOBBI

Bobser«, sagte Bobser und legte eine Pfote auf seine Brust, um zu zeigen, dass er sich meinte. Odd musste kichern. So begann ihre Geschichte. *Wie lange ist das her?* Odd dachte oft an diesen ersten Tag. Sein Vater setzte den Drachen ab, den er auf seinem Rücken nach Arlie getragen hatte, und dieser kleine Kerl behauptete mit stolzgeschwellter Brust: *»Mutter hat den Namen ausgesucht, daran gibt es nichts auszusetzen.«*

Odd und Bobser hatten sofort ihre Sprache gefunden, niemand musste ihnen erklären, wie das ging oder was sie zu tun hatten. Der Drache trug seinen Namen mit Würde und nahm keinem Menschen dieses erste Kichern übel. Odilia war es, die ihn kurz Bobbi rief und so blieb das, bis heute. *Bobbi.* Odd beneidete seinen Smok bald um die Fähigkeit, Dinge leicht zu nehmen, über Trauriges hinweg zu lachen, um die Fähigkeit, Odilia nur mit dem Wort ›Bobser‹ ein Kichern zu entlocken.

***

Bobser und Odd waren nach Arlie zurückgekehrt, völlig erschöpft, dem Tode nah. Aus Burry geflohen, weil irgendetwas Schwarzes über sie gekommen war.

»Holosch geht um«, sagten die Leute und versorgten die beiden Verlorenen doch. Bobser brauchte nur wenige Tage, um sich zu erholen, um ganz der Alte zu werden.

Odd lag wie von Sinnen in einem Nest, das nicht seines war, und wurde von einer Frau gepflegt, die er nicht kannte. Es kam ihm lange vor, bis er in der Lage war, aufzustehen, ein paar Schritte zu gehen, zu essen und Geschmack daran zu finden, noch länger der Pflegefrau die Frage zu stellen: »Wo ist Fior?«

Im Fieberwahn hatte er mehrfach nach Odilias Drachin gefragt, aber keine Antwort erhalten. Bobbi fragte nicht, er flog einfach los, sie zu suchen. Als Odd endlich kräftig genug war, die Antwort zu hören, erzählte der Drache seinem Broder von ihr. Fior lebte allein, ganz in der Nähe.

***

Hangameh schlief am Feuer. Odd deckte sie zu und legte Holz nach. Er saß allein auf einem Stamm, Gesicht, Brust und Beine warm vom Feuer, doch sein Rücken war kalt. So kam ihm auch sein Leben vor, nur halb gewärmt, nur halb gelebt. Die andere Seite blieb in dunkler Kälte. Odd schloss die Augen und dachte an seinen Smok, er rief ihn, so liebevoll er konnte.

»Bobbi.«

Lautlos landete der Flugdrache, kaum dass sein Broder ihn gerufen hatte. Odd rief selten nach ihm und in seiner Stimme lag etwas, das den Drachen bewog, sofort zu reagieren. Bobser ging geduckt, die Dunkelheit hüllte ihn ein. Er sah, wie sein Broder am Feuer saß, sah, wie die Chronistin am Boden lag und sich nicht rührte. Einen Augenblick lang befürchtete Bobser, sein Broder könnte ihr etwas angetan haben … nach allem, was passiert war. Hangameh regte sich, atmete tief, drehte sich im Schlaf um, vermutlich war es auch ihr am Rücken kalt, und schlief einfach weiter. Bobser trat in den Lichtschein des Feuers.

»Ich brauche deine Hilfe«, sagte Odd ohne Umschweife, *»deine und Fiors.«*

Bobser betrachtete die schlafende Chronistin.

»Hat sie dir eine Aufgabe gegeben?«

Odd nickte stumm. Bobbi legte sich ab und die Vorderpfoten bequem übereinander. Auch das Schweigen konnten sie gut miteinander. Odd stand auf, ging zu seinem Smok, um sich zu ihm zu setzen, sich an seinen warmen Körper anzulehnen und wenigstens die Illusion eines ganzen warmen Lebens zu schaffen. Mit dem Rücken an den Drachen gelehnt, schloss Odd endlich die Augen. Doch er schlief nicht.

»Warst du schon mal in Einar?«, fragte Odd und wusste, dass sein Drache noch nirgends ohne ihn gewesen war, außer in den Himmelsbergen, und das war etwas anderes.

Bobbi legte seinen Kopf auf seine Pfoten.

»Ja, morgen war ich schon mal da«, sagte er und Odd kicherte.

»Morgen also, da können wir etwas Gutes tun.«

***

Am Morgen erwachte Hangameh, steif gefroren und allein. Odd war weg und die Feuerschale kalt. Sie rieb sich die Augen, gähnte und streckte sich. Es kam nicht oft vor, dass sie außerhalb ihrer Höhle übernachtete, geschweige denn gut schlief. Wer konnte denn ahnen, dass eine solche Übertretung ihrer Pflichten sie derart gut schlafen ließ?

»Da wird die Sache mit Yari ein Klacks«, sagte sie übermütig und fühlte sich … Hangameh überlegte, ob sie ein Wort dafür hatte. Sie stand auf, berührte mit beiden Händen ihre Brust und fühlte ihren Herzschlag. Sie war aufgeregt, neugierig, Moment, da war noch etwas. Hangameh schloss die Augen. Da war noch ein zweiter Herzschlag.

»In mir kann kein zweiter Herzschlag sein«, sagte sie, war sich aber unsicher.

»Yari«, flüsterte Hangameh, »du bist ganz nah.«

»Wer immer dir nah ist, jetzt ist erst mal Zeit fürs Frühstück!«, sagte eine resolute Frauenstimme. Hangameh erschrak und ließ die Hände fallen, als hätte man sie bei etwas Unsittlichem erwischt.

»Hör nur auf dein Herz, Chronistin. Aber mit vollem Bauch. Komm.«

Die Pflegefrau von Odd nahm die Chronistin bei der Hand, als wäre sie ein kleines Kind, und führte sie zu ihrer Feuerschale, kaum ein paar Baumhäuser weiter. Dort schöpfte sie Gerstenbrei aus einem Kochtopf, garnierte das Ganze mit einem satten Löffel Honig und reichte der Chronistin die süße Speise. Der Brei war frisch zubereitet, heiß und köstlich. Hangameh setzte sich und aß mit Genuss.

»Odd sagt, ich soll dich versorgen, bis du heimgehst. Er hat was zu tun.«

»Ich geh nicht heim«, antwortete Hangameh. Die alte Frau zog eine Augenbraue hoch, so als befürchtete sie, sich nun den Rest ihres Lebens um die Chronistin kümmern zu müssen.

»Keine Sorge«, sagte Hangameh mit vollem Mund, »ich hab auch noch was zu tun.«

Ich werde Yari entgegengehen, dachte sie, *ich hör auf mein Herz.*

NEUE ALTE WEGE

Nilofar sah selbst aus wie ein Drache in ihrer roten Schutzkleidung. Sie trug lederne Schoner um die Waden gewickelt, einen Brustschutz, Handschuhe, die ihre Fingerspitzen frei ließen, aber die Armschoner reichten ihr bis zur Elle. Ambro bemerkte, dass sie eine Vorliebe für die Zahl Acht hatte. Morgens verließ sie die Höhle immer mit acht Pfeilen im Köcher. Abends fertigte sie neue.

Sie sprachen nicht. Es gab nichts zu sagen. Schweigend schlürften sie ihre Suppe. Fujo und Norwin hatten schon gegessen und ruhten sich am Feuer aus. Nah beieinander, wie Nestgeschwister.

»Was glaubst du, wie lange wir brauchen?«, durchbrach Ambro die Stille. Es war unnötig, zu fragen, sie kämen doch nicht schneller in die Himmelsberge, wenn sie darüber spekulierten. Nilofar antwortete nicht. Sie kaute gewissenhaft ihr Hasenfleisch und sah angestrengt aus, es war furchtbar zäh. Einen Tag waren sie nun unterwegs und erschöpft. Sie wollten so viel Distanz zwischen sich und Melih Dors Höhle bringen, wie an einem Tag möglich war. Es sollte ihnen keiner nachkommen. Und so war Fujo mit Nilofar gen Norden geflogen. Norwin gab zwar die Richtung vor, er rannte mit Ambro auf seinem Rücken, aber wenn Fujo ein Dorf in der Nähe meldete, lief Norwin in großem Bogen vorbei.

Ambro staunte nicht schlecht, dass Norwin gut mit Fujo mithalten konnte, er rannte, als wäre er für nichts anderes geschaffen. Fujo zog gelegentlich ein paar Kreise am Himmel und ließ Norwin aufholen, wenn der Abstand zwischen ihnen zu groß wurde.

Es war Nacht geworden, ein kleines Feuer wärmte sie, alle hingen ihren Gedanken nach. Fujo dachte an ihre Mutter, die sie bald wiedersehen würde. Nilofar fragte sich, ob ihr Vater schon ihre Nachricht gefunden hatte oder noch am Höhleneingang stand und mit den Augen den Himmel absuchte, es war nicht ihre Art, zu spät nach Hause zu kommen. Ambro bat die Lichter inständig, noch mit dem Schnee zu warten. Zumindest, bis sie die Himmelsberge erreicht hatten. Seine Kleidung hielt ihn warm, aber noch hatten die Eisriesen ihr kaltes Spiel nicht begonnen.

Norwin erinnerte sich an den Tag, als Olafur ihn abholen kam. An ihre erste Begegnung. Moun, seine Amme, hatte ihn und einige andere Toddler hinausbegleitet, als wäre das ein kurzer Ausflug in den Schnee. Es gab keine herzliche Begrüßung in der großen Halle oder eine Abschiedszeremonie. Die Väter bekamen die *Mutter aller Wasser* nie zu sehen, selbst dann nicht, wenn sie hier waren, um ein Ei auszuwählen.

Norwin stand draußen unter weitem Himmel, klein und schüchtern, blinzelte in die Sonne und ließ sich von Olafur hochheben.

»Mein Sohn freut sich so sehr auf dich, das kannst du dir nicht vorstellen. Es wird dir gut gehen bei uns«, flüsterte Olafur. Norwin sagte nichts. Er sah sich um, hilfesuchend nach Moun, nach den anderen Drachenkindern, die ebenfalls abgeholt wurden. Das hier war endgültig. Er würde nicht zurück in sein Nest, nicht zurück zur Mutter, nicht zurück zu Moun gehen. Dieser Mann, der nach Brot roch, ohne dass Norwin gewusst hätte, was Brot ist, nahm ihn mit, so wie man einen Apfel pflückt und mitnimmt. Er wurde von Olafur sanft in seine Rücken-Manteltasche gesteckt und getragen. Seine Vorderpfoten lagen auf Olafurs Schultern, die angezogenen Hinterläufe drückten Norwins Gewicht an Olafurs Hüfte, sein Schwanz schaute seitlich heraus und schwang im Takt von Olafurs Schritten hin und her. Der Weg war weit, hinab ins Tal, und mühselig. Olafur schwitzte, ging und kletterte, manch ein steiles Stück rutschte er auf dem Hosenboden, immer bedacht darauf, dass Norwin auf seinem Rücken nichts passierte. Immer wieder griff Olafur nach hinten, nach Norwins Hinterbeinen, um sich zu versichern, dass der Drache bequem in der Tasche saß.

Die anderen Drachenkinder plapperten aufgeregt durcheinander. Sie kollerten, über viele Meilen hinweg hörte Norwin sie. Die Väter nahmen unterschiedliche Wege hinunter, je nachdem, in welchen Teil von Leotrim sie mussten. Ihre Stimmen wurden leiser, entfernten sich, verstummten. Irgendwann hörte er auch Moun nicht mehr, die ein Abschiedslied summte. Norwin dachte, er wäre der einsamste Drache von allen.

»Keine Angst«, sagte Olafur leotrisch, wenn es wieder heikel wurde, er die Handschuhe ausziehen musste, um sich am Gestein festzuhalten und einen schmalen, vereisten Weg entlang tappte wie ein tollpatschiger Bär. Olafur war nervös, er wusste nicht, wie er mit dem Drachen umgehen sollte, ob er gleich mit ihm mowarisch reden durfte, konnte oder sogar sollte. Das war doch Ambro vorbehalten, fand er. *Mit Tara spreche ich eigentlich auch nicht,* dachte er und wünschte, Aidar wäre schon bei ihm. Er versuchte, entspannt, unverkrampft zu klingen und befürchtete, genau das Gegenteil zu tun.

Norwin konnte zuschauen, wie der Schnee verschwand und grüne Wiesen zum Vorschein kamen. Die Lavendel-Felder weiter unten im Tal, die kannte er. Weiter weg von zu Hause war er nie gewesen. Und dort wartete Aidar auf sie. *»Sprich mit ihm«,* verlangte Olafur von seinem Drachen.

Ein kurzer, kehliger Laut, die Begrüßung nach Drachenart, und Norwin war gleich wohler. Er war nicht ganz allein. Aidar kollerte, sprach mit ihm die Sprache der Drachen und klang vertraut, den ganzen Weg lang. Bis jetzt hatte noch keiner von ihnen seinen deformierten Flügel gesehen.

»Vielleicht verwächst sich das«, sagte Moun ein paar Mal, kurz vor dem Abschied. *»Du kommst schon zurecht, keine Sorge.«* Dabei sah sie aus, als würde sie sich sehr große Sorgen machen. Sie sah aus, als wollte sie sagen: *»Ich hol dich sofort wieder heim, wenn es nötig ist.«*

»Jetzt fliegen wir nach Hause«, sagte Olafur und Norwin widersprach in Gedanken: *Nein, in die Fremde.*

Doch das war nicht der Grund, warum er über diesen Tag nachdachte.

Wie viel Vater steckt in Olafur? Ambro war mit seinen Gedanken weit weg, Norwin spürte es deutlich und konnte ungestört die Frage betrachten: *Wie viele Drachen begegnen einem Imker und erkennen den Zusammenhang? Die Mutter braucht die Männer doch gar nicht. Sie ist wie eine Bienenkönigin.*

In den Himmelsbergen hießen die Dinge anders. Manche Drachen wurden nicht abgeholt. Es gab die Ammen wie seine Moun. Die Arbeiterinnen versorgten die Mutter. Melih Dor hatte die Bienen aus unbefruchteten Eiern Drohnen genannt. Norwin dachte an Olins Drachen. Die Leute mochten sich Geschichten darüber erzählen, dass in jedem Vulkan eine Drachenseele wohnte. Sie mochten auch um Olins Eier spielen, mit roten Steinen aus Jaspis. Es gab Drohnen in den Himmelsbergen. Sie hießen anders, aber es gab welche. Drachen aus unbefruchteten Eiern. Wenige. Er hatte sie gesehen. Niemand hatte ihm verboten, darüber zu sprechen und dennoch hatte er das Gefühl, hier ein Geheimnis wahren zu müssen. Ein weiteres.

»Darf ich mich an eurem Feuer wärmen?«, fragte De Botte in die Stille hinein. Keiner der vier hatte ihn kommen hören. Nilofar ließ vor Schreck ihre Suppenschüssel fallen, goss sich die heiße Brühe über die Oberschenkel und fluchte leise über ihr Missgeschick. Ihr Bogen lag neben ihr im Gras, die Pfeile, noch sieben Stück – sie hatte einen Hasen erlegt – lagen daneben. Nilofar ließ die Schultern hängen. »Jetzt ist es auch egal«, murmelte sie und ließ ihre Waffe liegen. Hätte De Botte sie ausrauben wollen, nichts wäre leichter gewesen als das. Dabei wollte sie auf Ambro aufpassen, verhindern, dass ihm etwas passierte. *Zerfass,* dachte sie und fühlte sich schlecht. *Nicht mal einen Tag schaffe ich,* schalt sie sich. Nilofar schüttelte den Kopf, betrachtete dabei den schwarz gekleideten Fremden, der sie aus der Fassung brachte, und bemerkte noch aus dem Augenwinkel, wie sich Norwin vor Ambro schob, langsam und geduckt, bereit, den Mann anzugreifen.

»Ich tue euch nichts, ich bin unbewaffnet. Ich sah euer Feuer hier und … na ja. Ich habe Hunger.«

Niemand begegnete dem Boten zufällig. Es war vorherbestimmt. Aber davon wusste Ambro nichts.

Irgendwann in der Zukunft wird er Hangameh davon erzählen und sie fragen: »Stand der Weg, den ich gegangen bin, schon in deiner Chronik, bevor ich meine Reise angetreten habe?« Damals, bei der Verbindungszeremonie mit Norwin, sah er die kleine Feder im Einsatz, sie schrieb, ohne dass Hangameh sie berührt hätte. »Oder hast du alles, was passiert ist, hinterher aufgeschrieben?«

Und sie wird antworten: »Glaubst du, dass beides möglich ist?«

Er wird es ihr glauben.

Ambro legte seine Hand auf den Rücken seines Smoks, genau auf die Narbe, die sie beide daran erinnerte, aufeinander acht zu geben. Er bedeutete dem Fremden mit einer Handbewegung, sich zu setzen. Nilofar hob ihre Schüssel aus Holz wieder auf, schöpfte Suppe hinein und gab sie an De Botte weiter.

»Vielen Dank, sehr gütig von dir. Ich bin der Bote. Das ist mein Smok Walid.« Der Drache, der sich im Hintergrund gehalten hatte, trat näher, begrüßte Norwin und Fujo mit einem kurzen, kehligen Laut. Die beiden erwiderten den Gruß. Walid legte sich zu ihnen hin.

»Ah, die Drachen verstehen sich schon«, sagte De Botte vergnügt und schlürfte, mangels eines Löffels, die Suppe aus der Schale. Nilofar hob ihren Löffel auf, auch den hatte sie fallen lassen, putzte ihn kurz an ihrem Hemd ab und reichte ihn weiter.

»Bist du satt, Kind?« Das ›Kind‹ klang wie eine Ohrfeige. Sie war nicht erwachsen. Sie war dem hier nicht *gewachsen.* Es war naiv zu glauben, sie könnte Ambro beschützen.

»Ich heiße Nilofar Beza. Und ja, ich bin satt.« Beschämt wischte sie mit der Hand über ihre nasse Hose. Sie verzog ihr Gesicht in Wut und Zweifel, ihre dichten Augenbrauen wirkten auf De Botte wie ein durchgezogener Strich.

»Was bedeutet das, du bist der Bote?«, fragte Ambro.

De Botte holte tief Luft. Es war lange her, dass er diese Worte gesagt hatte. Er stellte die Schale vorsichtig im Gras ab und sah Ambro direkt an.

»Ich bin der Bote von Valer, ein Hüter der Worte, Wortführer der Gilde und Sprecher der Mutter. Habe die Ehre. Wie ist dein Name?«

»Ambro Gulur, der Erste«, sagte Ambro baff.

»Du bist nicht der Erste.« De Botte hob die Hände zum Mund, legte acht kalte Finger auf seine Lippen und sah Ambro erschrocken an. Das war eine Botschaft, aber keine, die Ambro hören sollte.

Ambro wird oft, in dunklen Nächten, darüber nachdenken, doch nie verstehen, was diese Worte bedeuten sollten. Die anderen Botschaften verstand er, nach und nach.

»Was?«, fragte Ambro verwirrt, das Wort klang hektisch wie ein lautes Fingerschnippen.

De Botte ließ die Hände wieder sinken. »Ich bin etwas eingerostet, tut mir leid. Ich habe lange nicht mehr gearbeitet.« Das war nicht die ganze Wahrheit. De Botte hatte sehr wohl gearbeitet, Briefe geschrieben, Nachrichten von einem Dorf in ein anderes getragen. Nicht jeder, der eine Schule besucht hatte, konnte automatisch schreiben oder gut lesen. Er hatte Stammbäume bei der Chronistin recherchiert, dann die Wappen gezeichnet und beschriftet und ganze Bücher kopiert. Wohlhabende Leute bezahlten ihm gutes Salz dafür, wenn sie mehrere Kinder hatten und Wörter vererben wollten, als höchstes Gut. Er, Männer und Frauen wie er, waren die Fugen zwischen zwei Welten. *Der Seher sieht, der Bote spricht.*

Er strich sich nachdenklich durchs schwarze, wilde Haar, kratzte sich an der Nase und hob von Neuem an.

»Ambro Gulur, der Erste«, sagte De Botte langsam, »du bist einer von uns.« Er lächelte und zeigte seine schlechten Zähne. Er war hager wie jemand, der schon viele Entbehrungen hatte erdulden müssen, die dünne Haut in seinem Gesicht skelettierte ihn regelrecht.

Ambro starrte den Fremden mit offenem Mund an.

»Was? Du … ich? Was?«

»Gehörst du einer Riege an? Den Fliegern vielleicht?«, fragte De Botte mit Blick auf Norwin. Er legte den Kopf schief, musterte den Drachen von der Nasenspitze bis zur letzten Schwanzfeder und fragte, ohne Ambros Antwort abzuwarten: »Wie ist dein Name, Drache?«

»Norwin aus den Himmelsbergen«, antwortete Norwin mowarisch.

»Norwin. Du wirst viele Geschwister haben. Und du weißt es.« De Botte sprach weiter leotrisch.

Norwin sah unsicher zu Ambro hin, der starrte von einem zum anderen, verständnislos, nahe daran, wütend zu werden. »Hast *du* denn einen Namen?«, fragte Ambro patzig, um auch wieder am Gespräch teilzunehmen.

»Nein. Wenn man eine Aufgabe hat, braucht man keinen.« De Botte lächelte noch mehr.

Nilofar räusperte sich. Sie unterdrückte es schon die ganze Zeit, doch nun juckte es sie so sehr im Hals, dass es nicht mehr anders ging. De Botte drehte sich mit seinem ganzen Körper zu ihr hin und wartete ab.

»Ich wollte nichts sagen. Ich hab nur …« stammelte sie und zeigte mit dem Finger auf ihren Hals.

»Nilofar Beza, du kannst bald nach Einar zurück.« De Botte sagte solche Dinge, ohne zu wissen, was sie bedeuteten. Er hatte keine Kenntnis davon, was in Einar passiert war, warum Nilofar das Dorf verlassen hatte oder warum sie bald zurückkehren konnte. Er sah ihr an, dass ihre Gedanken darum kreisten, und er wusste, mit derselben Gewissheit, dass nach den Dunkeltagen wieder Frühtage kamen, dass der Weg dorthin bald frei war.

»Woher …«, begann Nilofar.

»Ich bin kein Seher, ich habe auch keine Zauberkugel, die mir alle Antworten gibt. So funktioniert das nicht. Wir Wortwerker …«, sagte De Botte und hielt inne. Er verschränkte seine Finger ineinander, hielt seine Hände wie ein verliebtes Pärchen und sprach weiter. »Wir arbeiten eng zusammen.« De Botte ließ aus, dass er sich dieser Zusammenarbeit lange verweigert hatte. Seit er seinen Quadrus mit der Faust zerschlagen hatte, war alles anders. Doch nun war er wieder unterwegs, eingerostet, ja, aber auf seinem Weg und er hatte inzwischen mit zwei Sehern gesprochen. Er trug mehrere Botschaften mit sich – ganz wie früher.

»Die Seher, die Chronisten, selbst die Lehrer, sie gehören alle zusammen. Wir sind verbunden.«

»Die Chronisten?«, fragte Ambro entsetzt. »Mehrere?«

»Ja.« De Botte hielt wieder inne. Er sah Ambro eindringlich an. Der fühlte sich, als besäße er ein eigenes Archiv, eines, wie es Hangameh hatte, und darin wühlte De Botte gerade herum.

»Hangameh weiß es nicht. Noch nicht.«

Ambro schüttelte energisch den Kopf. »Bestimmt nicht.« Hangameh tat ihm leid. Offensichtlich war sie nicht so allein, wie sie dachte. Selbst sie wusste nicht alles. Für einen kurzen Augenblick dachte er darüber nach, wie es wäre, mit ihr zusammen zu reisen und Leotrim zu entdecken. Er wusste nicht, wie das gehen sollte, spürte nur den Wunsch, mit ihr zu reden und seine Gedanken zu teilen. Doch er hatte keine Zeit, De Botte holte ihn zurück in diesen Augenblick.

»Was glaubst du, wer gewinnt, wenn ein Bote, ein Chronist, ein Seher und ein Lehrer miteinander Karten spielen?«

Ambro sah den Fremden verständnislos an. Kartenspiele kannte er nicht. Er dachte an seine Karte, die Karte von Leotrim, die er von Hangameh bekommen hatte. Die war nicht zum Spielen.

De Botte lächelte. »Der Seher guckt allen in die Karten, der Chronist weiß, wie es ausgeht und der Bote verrät alles.«

De Botte wartete vergeblich auf eine Reaktion. Nilofar sah zu Ambro hin, dieser zuckte nur hilflos die Schultern.

»Und der Lehrer sagt ihnen, was sie alle falsch machen.«

De Botte sah von einem zum anderen, aber auch diese Pointe entlockte ihnen nicht einmal ein Lächeln.

»Sie schummeln alle?«, fragte Nilofar vorsichtig.

»Ja«, seufzte De Botte ergeben. »Wir schummeln alle auf die eine oder andere Weise. Die Karten sind gezinkt.« Ambro verstand auch diesen Hinweis nicht. Seine Karte führte ein Eigenleben. Hangamehs Feder. Leotrim selbst.

»Gehörst du einer Riege an?«, fragte De Botte und kam damit auf das eigentliche Thema zurück.

»Nein.« Ambro schüttelte langsam den Kopf. De Botte war ihm zu schnell, zu sprunghaft, seine Wörter wie

Nilofars Pfeile. Sie schlugen ein und Ambro begriff noch nicht, dass er getroffen war.

»Kein Flieger?«

Norwin spreizte kurz seine Flügel, das reichte schon, um De Botte ohne Worte die Sache zu erklären. Der nickte.

»Eines Tages wird dir dieser Schmerz nützen.« De Botte sah zu Boden, sprach niemanden speziell an, alle konnten gemeint sein, und keiner.

»Weißt du über die Hüter der Worte Bescheid? Du solltest die Gildehalle der Wortwerker aufsuchen. Dort lernst du alles. Karten anfertigen. Buchbinden. Kalligrafie. Du wirst viele Geschichten zu erzählen haben, am Schluss.« De Botte lächelte. Er konnte die Zukunft nicht sehen, er war kein Seher, aber er konnte erahnen, was Ambros Arbeit bewirken würde. Mersans und Hangamehs Chronik würden zusammen endlich Leotrims Geschichte ergeben.

De Botte nahm die Schüssel wieder auf und aß geräuschvoll seine Suppe, als wäre das die normalste Unterhaltung aller Zeiten gewesen.

Ambro dachte angestrengt nach, fragte sich, ob er dem Boten seine Karte zeigen sollte. Zerfass und seine Schergen hatten ihm sein Salz gestohlen, seine Habseligkeiten verstreut, viele Notizen waren dabei zerrissen, davon geweht oder zertrampelt worden. Aber die Karte von Hangameh hatte er noch.

De Botte griff auch beim Brot beherzt zu, schöpfte sich noch eine Kelle Suppe.

»Habt ihr noch was von dem Hasen? Für Walid?«

Der Drache hob seinen Kopf, als er seinen Namen hörte. Da Norwin sich weigerte, Fleisch zu essen, hatte Fujo die Haseninnereien für sich allein. Sie zeigte Walid die Stelle, wo Nilofar das Tier gehäutet und ausgenommen hatte.

»Nun zeig schon her«, sagte De Botte schmatzend und wischte sich mit dem Handrücken den Mund sauber.

»Was denn?«

»Na, deine Karte.« De Botte lächelte. Natürlich hatte Hangameh die Karte weitergegeben. Sie konnte damit überhaupt nichts anfangen. Doch Ambro ... De Botte betrachtete den Jungen eindringlich, neugierig, amüsiert. Er war so groß wie Hangameh, vielleicht ein kleines bisschen größer. Sein Gesicht, seine blauen Augen strahlten Ernsthaftigkeit aus und Vertrauen, er wirkte wesentlich älter, als er war. De Botte konnte den erwachsenen Mann sehen, der er einmal sein würde, wenn seine Züge alles Kindliche verloren hätten und seine Hände wüssten, was zu tun wäre. Aber jemand musste es ihm zeigen. Niemand findet seinen Weg ganz allein.

Ambro kramte in seinem Rucksack. Er wollte den Boten nicht sehen lassen, was alles darin war, aber vermutlich wusste er es dennoch. Schließlich holte er das gute Stück hervor und entrollte das Pergament vorsichtig.

De Botte wischte sich seine Hände an der Hose sauber und nahm die Karte entgegen. Er nickte, brummte unverständlich, fuhr mit seinem dünnen Finger die östliche Küstenlinie entlang, als würde er etwas Bestimmtes suchen und murmelte halblaut ein paar Namen. Ambro kannte sie, die Namen der Leuchttürme.

»Es fehlen ...«, begann Ambro.

»Sechs«, sagte De Botte. »Velimir ist da. Und Vincent.«

»Wieso sind sie nicht eingetragen? Ich habe ein Buch gelesen über die Leuchttürme von Leotrim. Also sind sie doch allgemein bekannt.«

»Allgemein bekannt ist nichts mehr«, sagte De Botte. »Es ist so viel verloren gegangen.« Er tippte mit dem Finger auf eine bestimmte Stelle. »Valer hat mich zu Vilem geschickt. Der müsste genau hier sein.« De Botte sah sich um, aber es war dunkel, er konnte in keiner Himmelsrichtung irgendetwas sehen. Nur der Mond und die Lichter über ihnen machten auf sich aufmerksam.

»Die Karte stimmt nicht, weil zwei Chronisten ihre Sicht der Dinge eintragen, ohne Maßstab, ohne Wissen um die andere Hälfte von Leotrim, für die der andere zuständig ist. Du weißt gar nicht, wie dringend Leotrim einen Kartografen braucht.« De Botte ließ unausgesprochen, dass in der Gilde hitzige Diskussionen darüber geführt wurden, ob es ihnen erlaubt war, eine eigene Karte anzufertigen, und wenn ja, wie diese aussehen sollte. Die Männer und Frauen stritten sich über Gerätschaften und Erfindungen, mit denen man Höhen messen konnte, Entfernungen und wie das Gelände dargestellt werden sollte. Ambros Karte, diese hier, war ein lebendiger Gegenstand, wenn sie sich von jemandem nicht beschreiben lassen wollte, verschwand die Tinte einfach wieder. De Botte betrachtete die Orte, die Namen, Flüsse und Küsten. Nur ein Name war neu, geschrieben mit einer ungelenken Kinderschrift. ›Siek.‹ *Du bist der Richtige,* dachte De Botte und nickte unmerklich. *Vermutlich weiß Hangameh nicht, warum sie dir die Karte gegeben hat, Ambro Gulur. Aber sie hat sich nicht getäuscht in dir.*

Ambro schwindelte. So viel Information, er fühlte sich überrumpelt, als hätte der Bote ihm einen Eimer kaltes Wasser ins Gesicht geschüttet.

De Botte sagte nichts darüber, wie sehr sich das Reisen verändert hatte. Er fand seine Richtung dank der Leuchttürme, alle anderen, so schien es, hatten vergessen, wie man sich ihrer Hilfe bediente, sich mit ihrem Licht orientierte.

Sein Vater wisperte in seiner Erinnerung: *Früher war das anders, Junge. Damals, als das Meer noch ...*

»Sch!«, befahl De Botte. Er kannte die Geschichten über die Fischerfrauen, doch konnte er jetzt keine Kindheitserinnerungen gebrauchen. Was wusste er denn über früher? Das waren für ihn doch auch nur Geschichten. Er war nicht dabei gewesen. Sein Vater auch nicht. Wer wusste schon, vielleicht hatte sich irgendein Ahne diese Geschichte ausgedacht. Menschen, die zum Leuchtturm gingen und fragten: »In welche Richtung muss ich gehen?«

De Botte rollte die Karte vorsichtig zusammen und gab sie Ambro zurück.

»Ich muss morgen weiter, Ambro Gulur, der Erste. Und du musst deinen Weg gehen. Allein.«

Nilofar verstand: Ohne Mich. Ambro verstand: Ohne Nilofar. Einzig Norwin verstand es richtig.

IN ALLEN HIMMELS-RICHTUNGEN LEBEN

Hangameh sah Yari in der Ferne. Das kleine Holzhaus schien eine Handbreit über dem Boden zu schweben. Langsam kamen sie aufeinander zu. Die Sonne vertrieb den Frühnebel, die Luft roch nach Schnee. »Noch nicht, aber bald«, flüsterte Hangameh und atmete tief durch die Nase ein. Die kalte Luft prickelte. »Bist du so aufgeregt wie ich?« Die Chronistin sprach schon wieder mit sich selbst, Yari war noch zu weit weg, um sie hören zu können. »Ich bin sehr aufgeregt.« Sie schüttelte ihre Hände, ließ die Arme gegeneinander kreisen, ihr war kalt. Üblicherweise fror sie nicht. Aber sie war sonst auch nicht so weit weg von zu Hause oder so lange unterwegs. Sie trug ihre Fliegerjacke aus Leder mit den eingenähten Flügelknochen, die ihr den Rücken stärkten. Dazu dunkle Wollhosen und pelzgefütterte Stiefel, die ihr bis ans Knie reichten. Ihre Handschuhe hatte sie zu Hause vergessen, in der Eile.

Sie waren sich schon früher ein paar Mal begegnet, Yari und sie, aber das endete immer hektisch, in einer blinden Flucht. Hangameh war nie in den Sinn gekommen, einfach aufzuspringen, so wie es Ambro getan hatte. Er war mutig und neugierig, er wollte wissen, was das für ein Ding war und wer darin lebte. Hangameh lachte über sich selbst, über die Vorstellung, an die Tür zu klopfen und zu sagen: »Hala, sei gegrüßt. Ich bin die Chronistin, darf ich mich mal umschauen hier drin?«

Es tat gut, zu lachen, das machte es etwas leichter. Yari wirkte auf sie schreckhaft, wie eine zu groß geratene Maus, die kein Mauseloch fand.

»Dieses Mal machen wir das besser. Wir beide.«

Hangameh verlangsamte ihren Schritt, ließ das Händeschütteln sein und straffte ihren Rücken. Sie wollte aufrecht gehen, ohne Hast, ohne Angst. *Ambro hätte bestimmt keine Angst,* redete sie sich ein.

»Wenn du doch jetzt hier wärst.« Aber er war es nicht, sie musste da allein durch.

Yari blieb stehen. Hangameh ging weiter, langsam.

»Wie erschreckt man eine Maus nicht?«, flüsterte sie und kam immer näher heran, hatte Zeit, zu bemerken: »Du klapperst ja gar nicht mehr.«

Früher war Yari schon von Weitem zu hören gewesen, die grünen Fensterläden schlugen gegen die Hauswände, innen drin schien alles in Bewegung, Geschirr klirrte, Möbel auf Rädern quietschten, Yari war laut. Nun waren die Fensterläden mit einem kleinen Hebelchen festgeklemmt und diverse Räder mussten geölt worden sein – kein Geräusch drang heraus.

Was würde Ambro jetzt tun?, fragte sie sich. Vermutlich würde er sich flach auf den Boden legen, um unter das Haus sehen zu können, vielleicht sogar seine Hand in den Spalt zwischen Boden und Holz stecken, um zu erfühlen, was da war. Füße, Räder, Wolken. Wer konnte das schon sagen? Aber sie war nicht Ambro.

Ein hagerer Mann öffnete die Tür von innen. Hangameh schätzte ihn auf fünfzig Lenze und konnte Nevs Verwandlung nur erahnen, sie war ihm ja nie begegnet. Er trat vor die Tür, kam die drei Stufen herunter und als er den moosbewachsenen Grund von Leotrim betrat, Hangameh konnte es ganz deutlich sehen, stieg Yari, vielleicht einen Fingerbreit, nach oben. Ohne Nevs Gewicht war sie leichter, schwebte höher. Der Mann kam mit wenigen Schritten auf sie zu.

Nev hatte seinen Bart ordentlich gepflegt und seine langen, grauen Haare nach hinten gekämmt. Er trug, statt des verwahrlosten, schmutzigen Gewandes von einst, ein langärmeliges Hemd aus grober Wolle und seit langem einmal wieder eine Hose. Seine Schuhe standen ordentlich nebeneinander, gleich neben der Tür auf dem Boden, sie sahen neu aus, unbenutzt. Nev hatte die Einladung, die sie ausstrahlten, noch nicht angenommen. Er lächelte Hangameh freundlich an. Selbst seine Zähne waren weniger schmutzig.

»Chronistin«, sagte er mit einer Stimme wie knarzendes Holz. »Hala. Willkommen.« Er legte seine rechte Hand auf seine Brust, deutete eine Verbeugung an und lud sie gleichzeitig mit der Linken ein, das Haus zu betreten.

Hangameh erwiderte den Gruß. »Du bist Nev. Ambro hat mir von dir erzählt.«

Nev strahlte übers ganze Gesicht. »Wie geht es meinem Freund Ambro? Es ist so viel passiert, seit er bei uns war.«

Hangameh nickte. Sie lugte zaghaft an Nev vorbei, beäugte Yari und tat keine unnötige Bewegung.

»Vermutlich hat sie mehr Angst vor dir als du vor ihr.«

Hangameh nickte wieder, machte einen Schritt auf Yari zu. Die wich zurück.

»Sprich mit ihr«, flüsterte Nev und trat beiseite. Er steckte seine Hände in die Hosentaschen, schlenderte ein Stückchen weg, besah sich den Himmel, als gäbe es etwas Interessantes zu sehen.

»Yari, du musst mich zu Mersan bringen.« Hangameh sprach mowarisch und so sanft es ihr möglich war. Yari kam ein winziges Stückchen auf sie zu.

»Er sagt, mit dir kann ich zu ihm gelangen.«

Sie kam noch ein Stück näher.

»Ich weiß nicht, wer oder was du bist. Aber ich brauche dich jetzt.«

Yari rückte noch ein bisschen heran. Leise und bestimmt. Hangameh sah nach unten, betrachtete die drei Holzstufen vor sich und setzte ihren rechten Fuß vorsichtig auf die erste Stufe.

»Komm nur«, sagte Nev. Mit wenigen Schritten war er bei ihr, legte ihr eine Hand in den Rücken und schob sie weiter.

»Sie ist das Herz von Leotrim«, sagte er, als wäre damit alles erklärt. Hangameh hatte mowarisch gesprochen, er konnte nicht gehört haben, was sie zu Yari gesagt hatte. Verwundert starrte sie ihn an. Dann schüttelte sie den Kopf. *Vermutlich sehe ich so aus, als hätte ich eine Erklärung nötig,* dachte sie und zeigte mit einer kleinen Handbewegung an: Sprich weiter.

»Das Herz von allem hier. Und wenn man sie braucht, ist sie da. So ist das.« Nev bemerkte ihren staunenden Blick nicht.

Hangameh betrat das Haus, drinnen war alles kleiner, als sie erwartet hätte. Ambros Schilderungen hatten in ihrer Vorstellung die Maße einer Höhle angenommen, in der ein Flugdrache bequem leben konnte. NevNev hatte aber Mühe, sich zu bewegen. Sein Nest war nicht mehr an der Decke befestigt, sondern lag auf dem Boden zwischen Sofa und Fenster. Sobald NevNev es verließ, musste er aufpassen, dass er mit seinem Körper nicht die Stühle und den Tisch umstieß.

Hangameh musste sich einen Moment sammeln. Hinter ihr stand Nev und schob sie weiter. Vor ihr versperrte ein alter, mattblauer Flugdrache den Weg, verdunkelte die Fenster und nahm mit seiner Ausstrahlung den ganzen Raum ein. Seinen Schwanz mit zerzausten Federn hatte er um sich selbst gewickelt. Neugierig sah er sie an, schnaubte ihr ins Gesicht, schnüffelte an ihr und befand schließlich, dass sie als Gast genehm war.

»NevNev«, sagte Hangameh sanft und streckte die Hand aus, um seine Nase zu berühren. Er ließ es geschehen und quiekte einen Laut, der alles Mögliche bedeuten konnte.

»Er heißt nicht mehr NevNev. Zumindest sagt er, dass er diesen Namen nicht mehr möchte«, plapperte Nev und drückte Hangameh auf einen Stuhl nieder, den sie bisher in ihrer Aufregung übersehen hatte. Der Drache zog sich zurück in sein Nest und machte Hangameh etwas mehr Platz.

»Willst du Tee? Er versucht sich auch wieder an Worten. Es geht nur langsam voran. Irgendwas ist passiert. Vor einiger Zeit wachte er auf, sah mich, sah mich richtig an. Ich glaube, er flüstert mit Yari. Sagt ihr, wo sie hinsoll. Ich weiß, das ist irgendwie unsinnig. Aber sie haben eine Verbindung, ich spüre das.« Nev sprudelte regelrecht über, wie ein Geysir. Plötzlich wollten alle Worte aus ihm heraus, die er je in sich getragen hatte. Yari setzte sich in Bewegung und tatsächlich, alles schien seinen Platz zu haben. Die Möbel rollten nicht mehr unkontrolliert hin und her, sondern waren mit Seilen an den Wänden festgebunden, zwischen den Tellern steckten graue Filzstücke, nichts klapperte mehr und Nev reichte ihr eine Teetasse, in der eine große Filzkugel steckte. Er zupfte sie heraus, ließ sie auf den Boden fallen. Hangameh hob fragend eine Augenbraue und sah dann zu, wie NevNev die Filzkugel über den Boden schnaubte, er spielte damit wie eine junge Katze.

»Das ist auch neu, er denkt wohl, er wäre wieder ein Toddler. Toddler spielen doch, oder? Irgendwas müssen sie machen, da oben in den Himmelsbergen. Ob die da Filz haben? Ich hab das gemacht, eigentlich wollte ich mir Schuhe machen, gar nicht so einfach. Tee?«

Hangameh nickte.

Nev brachte eine Kanne, im Kamin brannte ein kleines Feuer, Hangameh kam aus dem Staunen nicht heraus. »Wie, … bei allen Eisriesen, ist das alles möglich?« Hangameh sah zum Fenster hinaus, sah, wie die Landschaft vorbeiwanderte. Nicht besonders schnell, aber konstant.

Nev goss ihr Tee ein, er duftete herrlich nach Jasmin.

»Jedenfalls. Ambro, wie geht es ihm?«

»Er hat den Namen deines Vaters aus meiner Chronik herausgeschnitten und verbrannt.«

Nev setzte sich neben Hangameh, stellte die Kanne auf einem kleinen Tischchen ab und sah nachdenklich ins Feuer. NevNev rückte wieder näher heran, seine Hinterläufe befanden sich noch im Nest, doch seinen Kopf legte er auf Nevs Schoß ab, als wäre er ein kleiner Hund und kein ausgewachsener Drache. Nev kraulte dem Drachen die Nase.

»Er möchte einen anderen Namen haben. Aber alles, was ich ihm vorschlage, gefällt ihm nicht. Wir werden uns nicht einig.«

»Nicht mehr NevNev«, sagte der Drache. Er sah Hangameh erwartungsvoll an.

»Ich fand Amon immer ganz schön.« Hangameh kostete von ihrem Tee. Er schmeckte so gut, wie er roch. Der Drache hob den Kopf, sie begegneten sich auf Augenhöhe.

»Gefällt mir. Amon.« Der Drache hatte keine Zähne mehr; wenn er redete, klang es ein bisschen, als würde er schmatzen, wie jemand beim Essen mit vollem Mund. Hangameh wusste sehr wohl, wie viel es bedeutete, dass dieser Drache wieder sprach.

»Die Chronistin hat dir einen neuen Namen gegeben«, sagte Nev und küsste den Drachen auf die Stirn. An sie gewandt sagte er: »Wir werden ein Weilchen unterwegs sein. Du brauchst ein Nest. Oder willst du bei … Amon liegen?«

Hangameh wusste nichts zu sagen. Sie hatte noch nie das Nest mit einem Drachen geteilt.

»Gut«, sagte Nev. »Amon, dann darfst du dich aber nicht so breitmachen.«

***

Es war Nacht geworden. Yari ruhte aus. Nev lag in seinem Nest und Hangameh, an Amon gekuschelt, im anderen. Oben, das wusste sie inzwischen, waren zwar Räume, aber sie waren leer. *Ich werde Ambro erzählen, dass ich die Treppe raufgegangen bin,* nahm sie sich vor. *Hier wäre noch Platz.* Sie spielte mit den Perlen in ihrem Haar, wickelte eine Strähne nach der anderen um einen Finger und hing ihren Gedanken nach, spürte aber deutlich: Nev schlief noch nicht. Er hatte viele Wörter übrig und mühte sich, ein paar für den nächsten Tag aufzuheben. Amon schlief, zusammengerollt, mit seiner Nase unter einem Flügel und Hangameh konnte nicht unterscheiden, ob es sein Herzschlag war, den sie da fühlte, oder der von Yari.

»Wie meinst du das, sie ist das Herz von Leotrim?«, fragte sie in die Dunkelheit hinein. Nev rührte sich nicht.

»Glaubst du, dass jedes Ding eine Seele hat?«, fragte er zurück. Hangameh schwieg. Sie dachte an Vincent. Und ihre Feder. Und die Klippen von Mora mit den bunten Glasfenstern. Nev lag ruhig da, mit gefalteten Händen auf dem Bauch starrte er die Decke an.

»Wie erklärst du dir das?« Er machte eine Pause, überlegte, er suchte nach Ausdrücken, die er lange nicht verwendet hatte. »Vielleicht …«, sagte er und drehte sich nun doch zu Hangameh um, auch wenn er sie im Dunkeln nicht sehen konnte. »Vielleicht gab es früher eine Welt mit … ich weiß nicht. Zauberei?«

»Und was ist passiert?« Hangameh flüsterte.

»Vielleicht ist sie kaputtgegangen … oder jemand hat sie kaputtgemacht und nun gibt es noch ein paar Reste, die übrig sind.« Nev kannte sich ein bisschen mit kaputten Dingen aus. Sein Vater war ein gewalttätiger Mann. Am Ende des Tages war immer irgendetwas kaputt gewesen. Seine Mutter, sein Smok und Amon. Und er musste dann damit leben, was übrig war.

»Ja, vielleicht.« Hangameh dachte nach. Wenn Mersan, Yari und die Leuchttürme, wenn sie selbst der Rest einer kaputten Welt waren … was bedeutete das dann? Irgendwann schlief sie doch ein.

WIEDER IN EINAR

Ich bleibe hier, sagte Fior leise. Sie kollerte mit Bobbi und weigerte sich, mit Odd mowarisch zu sprechen. Sie wusste auch nicht genau, was sie hier sollte. Nur weil sie keinen anderen, keinen besseren Ort kannte, an dem sie bleiben wollte, war das hier noch nicht richtig. Überhaupt, ein Mann mit zwei Drachen. Was auch immer die Chronistin ihm aufgetragen haben mochte. Es konnte ein Trick sein. Fior traute Odd nicht.

Ihr seht euch an, was in Einar los ist. Und dann sagst du mir, was wir tun werden. Was überhaupt zu tun ist.

Bobbi war einverstanden, Odd auch. Zwangsläufig. Er wagte nicht, irgendetwas von Fior zu verlangen oder einzufordern. Sie war mitgekommen, das musste im Moment genügen.

Sie ließen Fior zurück, sie verbarg sich in einem Wäldchen, in der Nähe des Dorfes.

»Hat dir die Chronistin gesagt, was du genau tun sollst?«, fragte Bobbi zum wiederholten Mal.

Odd schwieg. Hangamehs Andeutungen waren vage gewesen, Odd rechnete damit, einem Mann zu begegnen, der ihm nicht unähnlich war. Er traute der Chronistin zu, hier einen Drachen auffangen zu müssen, weil ein anderer so war wie er selbst. Er wusste nicht, ob er das Wort *dumm* verwenden sollte für das, was er getan hatte, oder doch lieber das Wort *böse.* Was war denn *böse?* Odd wusste es nicht. Meistens hielt er sich nicht für einen schlechten Kerl. Er konnte aber auch keine klare Antwort darauf geben, was *gut* war. Was musste er tun, damit jemand wie die Chronistin gut von ihm dachte? Was musste er tun, damit er das von sich selbst sagen konnte?

Odd ging denselben Weg wie Ambro. Er kam in Einar an, erschrak über die Größe des Dorfes, über den Schmutz in den Straßen und den rauen Ton der Leute. Er kam zum Marktplatz mit seinen Schaukeln. Natürlich war Zerfass nicht da, er lag in einem Nest, hoch oben über all diesen Dingen, im Dunkeln, mit dem Gesicht zur Wand. Odd hätte ihn auch nicht gekannt, er wusste nicht, welche Rolle Zerfass hier spielte, was er getan hatte, welches Schicksal ihn genau in dieses Nest getrieben hatte. Der Verlust seiner Hand schmerzte Zerfass noch sehr. Mehr seine Gedanken, denn seinen Körper. Im Dorf hatte er eine Lücke hinterlassen, die nun andere ausfüllten. Die Kämpfe gingen weiter, sie wurden nur nicht mehr von Zerfass organisiert. Auch die Frauen sowie halbstarke Jungen mit schmutzigen Gesichtern wollten jetzt ihr Salz verdienen, was Zerfass bisher verhindert hatte.

Odd sah sich ein paar Schaukelwettbewerbe an, ließ sich im Strom der Massen treiben und landete zum Schluss bei der Arena. In dem Moment, als er verstand, was er da sah, war er froh, Fior nicht überredet zu haben, mitzukommen. Ohne Siostra wäre sie hier verloren.

Odd überlegte kurz, ob er Bobbi die Augen zuhalten sollte. Stattdessen packte er ihn am rechten Flügel, ganz oben am Ansatz. *»Du weichst mir nicht von der Seite!«*

Bobbi duckte sich, machte sich klein. So klein, wie es ihm möglich war. Eine unsinnige Bemühung für einen ausgewachsenen Flugdrachen.

Damals, als Odd Norwin von der Plattform der Schule hatte fallen lassen, fand er Ambros weinerliches Geschrei übertrieben. Er hatte die Angst des Jungen um seinen Smok nicht verstanden. Er war sich sicher: *Ich habe recht, dieser Drache fliegt, sobald er muss.*

Nun sah er Männer und Frauen dicht gedrängt um das in Stein gefasste Rondell stehen. Sie konnten ihn nicht täuschen, mit ihren Kapuzen, tief ins Gesicht gezogen. Sie alle brüllten und schrien, schlossen Wetten ab. Vor Odds Augen verschwammen die Menschen zu einer gesichtslosen Masse. Viele von ihnen hatten Stöcke, zugespitzte Stöcke, mit denen sie die Drachen in der Mitte anstachelten, endlich ordentlich zu kämpfen. Die beiden Erddrachen in der Mitte wussten nicht, was sie tun sollten, jedes Mal, wenn sie versuchten, sich in die Erde zu buddeln, zu verschwinden, wie es ihre Natur war, hinderten sie mehrere Männer daran, zogen sie am Schwanz wieder aus den Erdlöchern und schlugen sie mit Fäusten auf den Rücken.

Sie waren noch klein, noch im Frühling ihres Lebens. Verängstigte, junge Drachen.

»Wieso lässt du Erddrachen antreten?«, rief ein bärtiger Mann. Er trug den Umhang und den typischen Geruch eines Schäfers. »Hinterher muss man die verdammten Löcher wieder zuschütten und einen schönen Kampf liefern die auch nicht!«

»Ja, was ist mit den Feuerdrachen? Lasst die antreten!«, brüllte eine kleine, zierliche Frau, der man eine so harsche Stimme nicht zugetraut hätte.

Einer der Männer in der Arena beschwichtigte die Umstehenden mit erhobenen Händen. »Die Feuerdrachen sind heute Abend dran. Das Beste zum Schluss.«

Ein halbwüchsiger Junge puffte Odd in die Seite. »Willst du deinen Drachen antreten lassen? Der Verdienst ist nicht schlecht, wenn er sich gut anstellt.«

Odd starrte fassungslos auf den Jungen hinab. Er sah aus – Odd schluckte schwer – wie einer seiner Schüler. Ein normaler Junge, lockiges Haar, glattes Gesicht und schwielige Hände, weil er zu Hause mit anpacken musste. Vielleicht hatte sein Vater einen Ochsen, vielleicht bestellten sie ein kleines Feld mit Weizen oder Mais. *Ein ganz normaler Junge. Was macht der hier?*

»Nein«, sagte Odd mit trockenem Mund.

»Du musst ihm nicht die Flügel zerschneiden«, sagte der Junge leichthin.

Der ist noch nicht mal großjährig, dachte Odd. Er wusste nicht, warum ihn das so sehr bestürzte. Das Alter des Jungen? Seine Arglosigkeit? Die Brutalität seiner Aussagen?

»Wenn er dir gehorcht, ist das nicht nötig.«

Odd schüttelte den Kopf, er hielt Bobbi immer noch am Flügel fest. Bobbi wagte nicht, zu sagen, dass ihm dieser Griff wehtat.

»Ich will hier weg«, flüsterte der Drache. Er hatte genug gesehen.

»Okay«, sagte Odd und ließ Bobbis Flügel los, der stieg steil nach oben auf und mit dem zweiten Flügelschlag schnappte er nach seinem Broder, um so schnell wie möglich hier wegzukommen.

Sie waren nicht aus Einar, sie waren Fremde, das konnte jeder deutlich sehen. Es verwunderte Odd auch nicht, dass drei Männer, eben noch in der Arena mit den Erddrachen beschäftigt, ebenfalls aufstiegen und ihnen folgten. *Flugdrachen,* bemerkte Odd, *blaue Flieger in Ketten.*

»Wir brauchen ein Versteck!«, schrie Bobbi.

»Flieg nicht zu Fior. Führ sie nicht zu ihr hin!«, brüllte Odd zurück. *»Sie darf denen nicht in die Hände fallen!«*

Bobbi kollerte, laut und deutlich rief er: *Fior, versteck dich!* Und er quiekte einen traurigen Laut, tief aus dem Bauch: *Gefahr.*

Jeder Drache in der Umgebung hörte ihn. Auch Tibor, der Smok von Melih Dor. Trotz der Entfernung. Bobbis Ruf war eindringlich, schmerzvoll und den Drachen in Melih Dors Höhle nicht unbekannt. Der Laut war ihnen qualvoll vertraut.

Bobbi flog nicht zurück zu dem Wäldchen. *»Was soll ich tun?«*

Odd wusste keine Antwort. Er kannte sich in dieser Gegend nicht gut genug aus, wusste nichts von Höhlen und geheimen Plätzen.

»Du bist ohne mich schneller. Sie tragen ihre …« Das Wort ›Broder‹ kam ihm nicht über die Lippen. Diese Männer konnten nicht mit den Drachen verbunden sein. *»Ketten«*, sagte er schließlich. *»Sie sind schwer. Lass mich ab. Ich verstecke mich, dann kommst du ihnen davon.«*

Bobbi widersprach nicht. Dafür war keine Zeit.

»Wie finde ich dich wieder?«

»So wie sonst auch, mit deiner Nase.«

Bobbi spreizte die Flügel weit nach hinten, ließ sich in den Sturzflug fallen. Als Odd noch ein Kind war, hatten sie das tausendmal gemacht. Abstürzen, kurz vor dem Grund abdrehen, wieder aufsteigen. Es war ein perfektes Manöver, wenn Odd im richtigen Moment ein paar Grashalme ausrupfen konnte. Dieses Mal rupfte er kein Gras, sie verstanden sich wortlos. Der Neun-Drachenkopf-Fluss war dicht bewachsen: Bäume und Sträucher, moosbedeckte Steine und umgestürzte Baumstämme boten viele Schlupflöcher. Bobbi bremste seinen Sturzflug ab, zwei, drei Flügelschläge reichten. Er streckte sich, schwebte in der Nähe des Flusses über dem Boden und ließ Odd im Flug fallen. Der rollte sich geschickt ab, stand sofort wieder auf den Beinen und rannte los. Bobbi schoss pfeilgerade nach oben, gewann schnell an Höhe, jetzt, da er seinen Broder nicht mehr tragen musste. Als er nach unten sah, war Odd schon verschwunden. *Gut versteckt,* dachte Bobbi. Seine drei Verfolger machten keine Anstalten zu landen, Odd wollten sie nicht. Sie ließen nicht von ihm ab. Aber Bobbi war ein Drache mit fröhlichem Gemüt. Er konnte Sturzflüge und Überschläge, er konnte Rollen und Kurven. Und wenn er musste, konnte er verdammt schnell sein. Die drei hinter ihm waren schwer und müde, sie holten ihn nicht ein. Die Laubbäume hatten schon alle ihre Blätter verloren. Erst als er einen Tannenwald erblickte, nutzte er die Gelegenheit und versteckte sich auch. Dort wartete er, bis es dunkel wurde.

***

Die Lichter sahen zu und der fast volle Buckelmond, wie Tibor und einige andere die Höhle verließen, ohne Broder, ohne Siostra. Melih Dor ermahnte sie noch: »Es darf keinem Menschen ein Leid geschehen.« Das sagte er immer zu ihnen zum Abschied, wenn sie einem Hilferuf folgten und bei Nacht einem Drachen in die Freiheit halfen. Bei einzelnen Drachen funktionierte das. Aber sie waren nicht genug, um die Arena ein für alle Mal … »niederzubrennen«, flüsterte Melih Dor. Er seufzte schwer. Seine Tochter war nicht da und er musste schon wieder zusehen, wie sein Smok sich in Gefahr begab, um einem anderen zu helfen, und er konnte gar nichts tun, nur hier am Eingang der Höhle stehen und warten. Nun hoffte er, Nilofar möge bald zurückkommen und Tibor möge es ein weiteres Mal gelingen, einen Drachen aus Einar zu befreien, und wenn sie endlich genug waren, dann … »Dann«, sagte Melih Dor leise, »sind da immer noch diese dummen Menschen mit ihren Stöcken, die einen Kampf sehen wollen.«

Wenn sie keine Drachen mehr haben, nehmen sie Hühner, dachte er müde. Er legte sich nicht in sein Nest, er blieb dort stehen und wartete.

***

Im Dorf wurden Drachen geschlagen, mit Fäusten und Stöcken, mit Worten und Drohungen.

»Ihr habt doch eure eigene Sprache! Du weißt, wo dieser Kerl ist … und sein Flugdrache. Das war ein Hübscher, so groß. Und stolz. Ich werd ihm seinen Stolz schon austreiben«, sagte ein Mann. Es hätte Zerfass sein können, aber er hieß anders. Einars Gefangene hielten still, obwohl sie wussten, wo sich die drei Fremden aufhielten.

Fior war westlich von Einar in einem kleinen Wäldchen, versteckt unter den immergrünen Blättern einer Mahonie. Odd lag in einem ausgehöhlten Baumstamm am Neun-Drachenkopf-Fluss. Und Bobbi saß, als wäre er eine alte Eule, auf dem dicken Ast einer Fichte und lauschte den Geräuschen der Nacht. Es gab viel zu hören.

WEITER, WEITER

Als Ambro erwachte, waren Nilofar und Fujo weg. *»Hast du dich verabschieden können?«*, fragte er Norwin, der wach war und gedankenverloren nach Süden blickte, in die Richtung, die Nilofar eingeschlagen haben mochte.

»Ja«, log Norwin. Nilofar hatte sich noch vor Sonnenaufgang davongeschlichen, als hätte sie etwas falsch gemacht. Dabei wollte sie nur helfen, Norwin konnte daran nichts Falsches finden. De Bottes Worte hatten eine unbeabsichtigte Wirkung auf sie. Norwin konnte nur ahnen, wie sich Nilofar gerade fühlte. Klein, gescheitert, auf dem Heimweg. Sie würde ihrem Vater sagen müssen, dass sie sich geirrt hatte, nicht helfen konnte und umkehren musste, weil ein Fremder es gesagt hatte.

»Woran denkst du?«, fragte Ambro, der sah, dass sein Smok mit den Gedanken weit weg war.

»Ich habe sie nicht gefragt, wie es ihr ergangen ist.«

»Was meinst du?« Ambro griff nach seinem Wasserschlauch, trank einen großen Schluck und richtete sich auf. Er hatte nah an Norwins Körper gelegen, unter seinem guten Flügel, geschützt vor Wind und Regen. Das war ein warmer, behaglicher Ort.

»Sie ist in Einar geboren. Ich habe sie nicht nach ihrer Mutter gefragt.«

Ambro hielt in der Bewegung inne, den Schlauch noch in der Hand. Er wollte sehen, was Nilofar mitgenommen, was von ihren Sachen sie zurückgelassen hatte. Er fühlte sich ertappt – er hatte auch nicht nach ihrer Mutter gefragt und spürte, worauf Norwins Gedanken abzielten.

»Nilofar muss Zerfass begegnet sein – oder jemandem wie ihm.«

Ambro erinnerte sich genau an den Moment, als Zerfass seine Hände auf seine Schultern gelegt hatte und fragte: »Ein kleiner Kampf?« und Norwin damit meinte. Fujo war so unbeholfen, sie kämpfte, aber nicht mit anderen Drachen, sondern mit ihrer Größe, mit ihren Tragflächen, als hätte sie mehr davon als andere Drachen. Die fünf Glieder ihrer Flügelhände gehorchten ihr noch nicht, Nilofar musste manches Mal mit anpacken und alles sortieren, hübsch an seinen Platz. Ambro versuchte sich vorzustellen, wie viel Angst Nilofar um ihre Drachin gehabt und wie viel ihre Flucht sie gekostet haben musste.

»Irgendwann wird sie das mit ihren Flügeln können«, sagte Norwin, der Ambros Gedanken gefolgt war, *»und dann wird sie groß und schön sein.«*

Ambro dachte an Aidar. Der war groß und schön und stolz darauf.

»Wir werden sie wiedersehen«, sagte Ambro bestimmt, *»und dann frage ich sie nach Einar und ihrer Mutter und allem, was passiert ist. Ich schreibe alles auf.«*

»Ich habe eine Neunerlei gemacht«, sagte De Botte. Er stand hinter Ambro und Norwin, den Kochlöffel hielt er in der Hand wie ein Zepter. »Ihr mögt doch Neunerlei-Kräutersuppe zum Frühstück?«

Ambro erschrak nicht, aber er hatte den Fremden völlig vergessen. Der war ja immer noch da. Norwin schwieg. Er hoffte, dass De Botte bald seiner Wege gehen und sie wieder in Frieden lassen würde.

Ambro setzte sich ans Feuer, Nilofar hatte den Kochtopf und zwei Schüsseln zurückgelassen, purer Luxus. »Wann hast du die ganzen Kräuter gesammelt?«, fragte Ambro und schnupperte. Es roch fast wie an Mutters Feuer.

»Ich schlafe nicht viel.«

Ambro sah den Fremden lange und eindringlich an. Der fuhr sich erst mit seinen langen Fingern durch das dunkle Haar und wischte sich dann mit dem Handrücken über die Augen. Er sah müde aus, traurig, ein bisschen wirr.

»Ja, ich habe mich von Nilofar verabschiedet, ich habe ihr gesagt, was sie wissen muss. Sie hat eine Aufgabe. Aber das hat nichts mit dir zu tun, Ambro Gulur.« De Botte rührte seelenruhig in dem kleinen, schwarzen Gusstopf und schien zufrieden mit seiner Kochkunst.

»Und nein«, sagte er an Norwin gewandt, »ich werde nicht mit euch zur *Mutter aller Wasser* gehen. Ich habe meine eigene Aufgabe und ich bin spät dran.«

»Woher weißt du … ach, was ist deine Aufgabe?«, fragte Ambro. Er konnte sich nicht daran gewöhnen, dass De Botte solche Sachen sagte. Hangameh wusste auch Dinge. Manchmal. Vielleicht sogar mehr, als sie ihm gegenüber zugeben wollte. Doch mit ihr war eine Unterhaltung lange nicht so mühselig, so anstrengend. De Botte verursachte ihm Kopfschmerzen.

»Du machst noch einen Knoten in deine Gedanken«, sagte De Botte.

»Ja, vielleicht.« Ambro bemerkte natürlich, wie De Botte ihm auswich.

»Ich werde weiterziehen, ich muss Vilem finden. Und dann … noch jemanden. Doch jetzt lasst uns erst essen.«

***

Später wusch Ambro die Schalen und den Topf am Fluss aus, verstaute seine Sachen in seinem Rucksack. Er war Nilofar dankbar, dass sie ihm Vorräte und Kochutensilien gelassen hatte. In Gedanken war er bei ihr, hoffte, dass es ihr gut ging und der Bote die Wahrheit gesagt hatte.

Wenn Nilofar zurückkann nach Einar, dann …

»Dann hat sich Hangameh darum gekümmert«, ergänzte Norwin den Gedanken.

Ambro lächelte ihn an.

»Eins noch«, sagte De Botte zum Abschied. Sie standen sich gegenüber. Ambro musste den Kopf in den Nacken legen, um ihm in die Augen sehen zu können. De Botte war groß, seine wilden Haare verstärkten den Eindruck noch. »Wir ... also du und ich sind die Hüter der Worte. Damit nichts vergessen wird. Das Gute und das Schlechte. Worte auszuschneiden ist unnatürlich, Ambro Gulur.«

Ambro schwieg, nickte kaum merklich. Er hatte etwas aus der Chronik herausgenommen. Er erinnerte sich aber noch an etwas anderes. In der Nacht danach, als er neben Hangameh lag und nicht schlafen konnte, da hatte er sie in der Dunkelheit etwas gefragt.

»Könntest du in deine Chronik hineinschreiben, dass sein Flügel gesund ist?«

Er hatte es sich so leicht vorgestellt; ein paar Wörter und Norwin wäre wie alle anderen. So funktionierte die Chronik nicht und nun schämte sich Ambro ein bisschen, es war dumm gewesen, so etwas zu denken, so etwas zu fragen, einen gewöhnlichen Norwin haben zu wollen. Irgendwann würde er der Chronistin wieder begegnen und ihr dann ein Stück Papier geben, eines, das sie in ihre Chronik hineinkleben konnte, mit ein bisschen Mehl und Wasser. Er wollte nicht neutral sein. Wenn eine Karte das Abbild seiner Wirklichkeit war, dann sollten seine Worte die Dinge beschreiben, die darin keinen Platz fanden.

Er ist richtig, genau so, wie er ist, dachte Ambro, auch das sollte in der Chronik stehen.

Und Norwin hatte ihn gehört.

***

De Bottes Weg führte nach Osten. Ambro und Norwin gingen weiter nach Norden. Bis zu den Himmelsbergen war es noch weit.

HOCH-ZEITEN

Kannst du nicht schlafen, Kind?«, fragte die Ahne. Smilla lächelte. Sie war erwachsen und dennoch wurde sie von ihrer Großmutter behandelt, als wäre sie keine zehn Lenze alt.

»Nein«, antwortete sie leise. Smilla setzte sich auf und sah sich um. Ihr Vater lag in seinem Nest auf dem Rücken und schnarchte, als wäre er allein auf der Welt. Sie bewunderte ihre Mutter, die es schaffte, bei dem Lärm zu schlafen. Die Ahne lag in ihrem Nest, ganz nah beim Feuer. Sie fror immer, bei jedem Wetter. Und sie schlief wenig, daher war es ihre Aufgabe, sich immer um die Glut zu kümmern. Nun hob sie ihre Daunendecke an und winkte Smilla zu sich.

»Komm zu mir, Kind. Komm zu deiner Ahne.«

Smilla huschte mit nackten Füßen über den sandigen Boden zu ihrer Großmutter und schlüpfte dort unter die warme Decke. So vieles hatte sie vergessen, einfach vergessen. Ihren Vater, der des Nachts nur auszuatmen schien, unterbrochen von kurzen Grunzern, die sie zum Lachen brachten. Seine langen Seufzer der Müdigkeit hallten durch die unterirdischen Höhlen. Ihre Mutter gab keinen Laut von sich, drehte sich kaum einmal im Schlaf um. Und dann der Sand überall. Sie mochte das schlurfende Geräusch, das sie beim Gehen erzeugte. Haut auf Sand, der Boden war hier unten zu jeder Jahreszeit warm. Sie konnte den ganzen Tag mit ihrer Tara zusammen sein, nachts mit ihr das Nest teilen. Die Wärme eines Drachen war mit nichts zu vergleichen. Die Ahne schlang ihre dünnen Arme um Smilla, zog ihr die Decke bis hinauf ans Kinn und sagte leise: »Erzähls der Ahne.«

»Ich vermisse Olafur.«

»Du hast ihn weggeschickt.«

»Ich weiß.«

Die Ahne nickte wissend. Smilla brauchte nicht zu erklären, dass man sich einer Sache sicher sein konnte und gleichzeitig nicht. Sie wollte, dass Olafur ihren Sohn fand, Ambro heimbrachte. Aber bitte gleich. Das Warten war schlimm, die Nächte einsam, die Gedanken quälend. Tara konnte sie wärmen, trösten, ihr die Zeit vertreiben, aber ihr nicht die Sorgen nehmen. Wenn sie beide nicht zurückkämen … oder Olafur allein wiederkam?

»Er wird ihn finden.« Die alte Frau streichelte Smilla übers Haar.

»Woher weißt du das?«

»Er muss. Was glaubst du, was ich mit ihm anstelle, wenn er meinen Urenkel nicht herbringt?«

Die Ahne seufzte. Sie hatte Ambro lange nicht mehr gesehen.

»Ein zorniger Berger ist ein Naturereignis, das weißt du, Kind.«

»Ja, Ahne, ich weiß.«

Die Fingerspitzen der Ahne waren immer kalt. Selbst an Sonnentagen. ›Kalte Hände, warmes Herz‹, pflegte sie zu sagen. Nun wanderte eine kalte Hand an Smillas Körper hinab.

»Dein Mädchen tritt nach mir.«

Smilla legte ihre Hand auf die ihrer Großmutter. »Ja, sie kämpft im Wasser, als wäre es ihr jetzt schon zu eng da drin.«

»Ein Weilchen muss sie noch.«

»Ein Weilchen muss sie noch«, wiederholte Smilla die Worte und hing ihren Gedanken nach. Wäre es nach ihrem Willen gegangen, Ambro hätte schon längst eine Schwester oder einen Bruder dazubekommen. Lange Zeit klappte es einfach nicht. Die Kräuterfrau im Dorf gab ihr Tipps, Smilla versuchte alles. Arnika und Brennnesseltee, Frauenmantel und Knoblauch. Und dann war nichts von alledem hilfreich oder notwendig. Es brauchte nur ein verbranntes Ohr. Olafur war manchmal so übermütig und albern, er maß sich mit Aidar und sah am Schluss ganz ramponiert aus. Sie fand diese Schein-Kämpfe unsinnig, ja gefährlich. So ein verbranntes Ohr konnte sich doch entzünden … Sie liebte ihn, mit zwei gesunden, rosigen Ohren, unverletzt.

Er fragte im Scherz: »Verlässt du mich jetzt?« Sie hatte ihn angelächelt und gekichert und ›Nein‹ gesagt. »Nein, natürlich nicht.« Aber ihre Stimme sagte etwas anderes als ihre Worte. Olafur mochte den ganzen Tag übermütig und albern gewesen sein, aber ihre Sorge, er könnte sie verlassen – verlassen, weil Holosch ihn holen kam, bevor er alt und grau war, diese Sorge hörte er.

»Das heilt wieder«, flüsterte er. Sie hatte den Eindruck, dass mehr heil wurde als sein Ohr, etwas zwischen ihnen war wieder ganz. Sie war sich sicher, diese Nacht war Aelias Ursprung.

Smilla lag mit ihrem Kopf auf der Brust ihrer Ahne und starrte in die kleine Glut der Feuerschale.

»Am Schluss sind wir alle wieder zusammen.«

»Bestimmt«, flüsterte die alte Frau. »Schlaf ein bisschen, ich wache über dich.«

Smilla schlief schlecht. Immer wieder erwachte sie, schreckte aus merkwürdigen Träumen auf, die Bilder verblassten bald wieder, die Ahne sagte »Sch« und Smilla schlief wieder ein. Es war eine lange Nacht. Irgendwo zwischen den Trugbildern und ihren Sorgen sah sie Olafur. Nicht, wie er jetzt war, sondern so wie früher. Schlanker, mit glattem Gesicht.

Immer wieder fragte sie dieser junge Kerl: »Willst du meine Gefährtin sein, deinen Weg mit meinem gehen?« Die Worte waren wichtig, sie wurden wiederholt, bei der Zeremonie, zwei Mal. Lebenswege verflochten sich, sobald man sich füreinander entschied, wie Schnüre, die zu einem Seil gedreht wurden. Olafur schenkte ihr das dazugehörige Armband, noch bevor sie die Zeremonie begingen. Er drehte drei gefärbte Stränge zu einem fingerdicken Hanfseil. Braun, rot und blau.

»Warum hast du denn blau hineingedrillt?«, fragte Smilla, als er ihr das Armband um das linke Handgelenk knotete.

»Blau ist die Farbe der Treue«, sagte er und zwinkerte ihr zu.

Die Zeremonie dauerte drei Tage. Es war Brauch, allein loszugehen, ja – ohne Drache – auf einen Berg, um sich zu finden, nicht nur symbolisch, sie mussten sich innerhalb dieser Zeitspanne wirklich finden, ohne zu wissen, wo der andere losgelaufen war, welchen Weg er einschlagen würde, es gab keinen verabredeten Punkt. Schaffte man es nicht, verwehrten die Eltern einem Paar den Bund, dann waren die beiden nicht füreinander gemacht. Olafur brauchte keinen Tag, um sie zu finden. Sie hatte vor sich auf den Boden gestarrt, war tapfer Schritt um Schritt nach oben gewandert, die Beine taten ihr weh, die Waden spannten, die Lunge brannte. Er war es, der zwischen den

Bäumen auftauchte wie ein Sonnenstrahl am Morgen, verschwitzt und glücklich kam er auf sie zugerannt.

»Ich habe dich gefunden«, sagte er. Smilla lächelte im Schlaf. Wenn er sie gefunden hatte, würde er auch Ambro finden.

Damals waren sie Hand in Hand den Berg wieder hinabgestiegen und irgendwie in Burry gelandet. Sie wusste gar nicht mehr, wie das geschehen war. Vielleicht, weil sie sich nicht einigen konnten: Zu dir oder zu mir? Die *tiefen Berge* oder der *gelbe Wald?*

Und da beides nicht infrage kam, blieb nur ein neuer Ort. *Dein Weg mit meinem.*

»Ein neuer Ort«, murmelte sie, als die Ahne sie zum Frühstück weckte.

DER LAUNIGE VINCENT

Er kann hier nicht liegen bleiben«, sagte Olafur und kratzte sich am Kopf.

Nerina lag immer noch auf der Seite, wie am Abend zuvor. Er keuchte mühsam, mit geschlossenen Augen, und ließ nicht erkennen, ob er hörte, was um ihn herum passierte. Drei kleine Daunendecken lagen auf seinem Rücken, was lächerlich aussah, wie Zierdeckchen auf einem großen Tisch. Diese reichten einfach nicht aus, um Nerina vor Wind und Wetter zu schützen. Ein scharfer Eisregen prasselte nieder. Der Verband um seine Vorderpfoten war schon durchweicht.

»Ich kann ihn nicht tragen, er ist zu groß«, brummte Aidar.

Zu dritt standen sie vor dem riesigen, schwarzen Ungetüm und starrten abwechselnd von ihm zum Himmel, zum Meer hin und wieder ins Landesinnere. Der obere Eingang, die Wendeltreppe, war viel zu klein, zu eng, um Nerina auf diesem Weg in die Höhle zu bekommen.

»Er muss fliegen. Anders geht es nicht. Wenn er hier liegen bleibt …« Olafur war ratlos.

»… dann ist er bald noch schlimmer krank«, ergänzte Dakota.

Nerina regte sich. Dakota rannte los, um ihn herum, sie legte eine Hand auf sein Gesicht. Nerina öffnete die Augen.

»Dieser hier. Kalt.« Nerina konnte selbst kaum glauben, dass er das sagte, nach allem, was passiert war. Er fühlte sich taub, gleichzeitig schmerzerfüllt. Wie konnte ein Körper so viele Dinge gleichzeitig empfinden? Er wagte nicht, seine Vorderpfoten zu bewegen, geschweige denn, an sich herabzublicken. Nerina hob den Kopf, der fühlte sich schwer an, gefüllt mit vielen silberfarbenen, kalten Kugeln, seine Gedanken wurden herumgestoßen und schlugen an, als wären sie Glocken. Mit dem Flügel drückte er sich mühselig vom Boden ab. Aidar kam ihm zu Hilfe, stützte ihn, bis er wieder auf den Hinterläufen saß. Nerina ließ den Kopf hängen, die durchnässten Decken rutschten hinab, das war jetzt auch einerlei.

»In Hangamehs Höhle ist es warm. Dort kann ich dich versorgen. Hast du Hunger?« Dakota stand ganz nah bei Nerina, aber ohne ihn zu berühren.

»Dieser«, seufzte er müde, mehr brachte er nicht heraus. Mit wenigen Schritten erreichte Nerina die Kante der Klippe und sah hinunter. Von hier aus konnte er den Höhleneingang nicht sehen, aber er wusste genau, wo er war.

»Schaffst du das?«, fragte Dakota.

Er konnte es nicht sagen. Alles war möglich. Er konnte die Flügel ausbreiten, sich vom Wind tragen lassen. Genauso gut konnte er von einem Blitz getroffen werden, abstürzen, die Höhle verfehlen und gegen die Klippe prallen. Wer konnte es sagen?

In den Himmelsbergen würden die Ammen sich um ihn kümmern, mit Salbe und Liebe und Fürsorge. Er wollte nicht an seine Höhle denken, an seine dunkle Insel, wo niemand war außer ihm und ein paar Papageientauchern. Kein anderer Drache, niemand. Dakota hatte ihn so zugerichtet. Jetzt wollte sie ihn gesund pflegen. Die Himmelsberge waren fern. Die dunkle Insel auch. Nerina breitete die Flügel aus und ließ sich fallen.

Er brauchte die Vorderpfoten doch für die Landung im Höhleneingang. Er kratzte mit den Krallen hektisch übers Gestein, er traute seinem Körpergefühl nicht mehr, als wäre es plötzlich ein Lügner. Er sah sich schon abstürzen, sah sich zerschlagen am steinigen Ufer liegen, ganz unten. Wieder war es Aidar, der ihm zu Hilfe kam. Der Feuerdrache packte Nerinas Körper mit vier Pfoten ganz hinten an und schob ihn hinein. Nerina brüllte seinen Schmerz in Hangamehs Heimstatt, das Echo kroch ins Archiv und hallte lange nach.

Dakota und Olafur rannten die Treppe hinab.

»Er ist hier im Warmen. Wir müssen seinen Verband wechseln. Er braucht auch was zu essen. Dakota, mach Feuer«, sagte Olafur. Nerina zuckte beim letzten Wort zusammen, als hätte Olafur ihn geschlagen. Aidar flog davon, neue Eier holen. Dakota verschwand in die Vorratskammer, um Holz zu holen, und Olafur entfernte die nassen Leintücher. Nerina lag im Eingangsbereich, still, zitternd. Er gab keinen Laut von sich.

***

Das Feuer knisterte. Olafur kratzte mit dem Löffel den letzten Rest Eintopf aus seiner Holzschale. Die Höhle roch nach Zwiebeln.

»Kartoffeln«, schmatzte er, »hatte ich ewig nicht.«

Dakota sagte nichts. Sie starrte Nerina an, er lag in der Wohnstube an eine der Höhlenwände gelehnt und schlief. Olafur hatte ihm einen neuen Verband angelegt, eine schmerzhafte, langwierige Prozedur. Der Drache wollte nichts essen, dabei musste er doch Hunger haben. Dakota zwang ihn, wenigstens zu trinken. Sie löffelte ihm immer wieder Wasser oder Tee ins Maul, wie in der Höhle bei Kusten.

Olafur schöpfte sich noch eine Portion, doch statt sie selbst zu essen, zerdrückte er das Gemüse mit dem Löffel zu Brei und reichte Dakota die Schale. Sie nahm sie dankbar an.

»Ich habe ihn gefragt, ob er mich zu Olin bringt. Er hat gesagt, dass er das für mich macht. Und nun sind wir hier. Ich habe ihn beinah umgebracht.«

Dakota kämpfte mit den Tränen. Sie wollte nicht weinen, sie hatte kein Recht dazu. Bis auf ihre zerschrammten Knie war sie schließlich unverletzt.

»Was willst du bei Olin?«

»Er ist mein Vater. Zumindest glaube ich das.«

Olafur nickte. »Wegen der Drachensichel in deinem Gesicht.«

Dakota sah ihn an. Sah ihn endlich richtig an, bemerkte den roten Umhang, sein Ohr war verkrustet, er musste eine schlimme Verbrennung erlitten haben. Sie sah zu Aidar hin, der neben Olafur auf dem Boden lag, die Vorderpfoten übereinandergelegt. Aidar verfolgte ihr Gespräch aufmerksam.

»Ich bin hier angespült worden. Hangameh hat mich am Ufer gefunden.« Sie deutete mit dem Löffel die Richtung an. »Das ist alles sehr merkwürdig. Ich war in einem Boot und kam hier an. Dort ist der *Launige Vincent.* Ganz in der Nähe eine von Silváns vielen Höhlen. Die Chronistin hat mich schließlich gefunden und bei sich aufgenommen. Ich weiß nicht, wo mein Vater mich hinschicken wollte. Oder meine Mutter. Vielleicht war es auch sie.«

Dakota stellte die Schale auf dem Boden ab und setzte sich Olafur gegenüber hin.

»Ich habe mit einer Drachin gesprochen, in Kusten. Sie war an dem Tag Hüterin im Hafen, als ich hier ankam. Sie sagte auch, dass man mich löschen muss, am Ende.«

Dakota hatte einen Kloß im Hals. Wie recht Videt nun hatte, war ihr unerträglich. Ihr kam der Gedanke, dass sie vielleicht als Kind schon so eine Gefahr gewesen war. Sie war übers Wasser gekommen.

»Vielleicht haben sie versucht, mich zu löschen, vielleicht sollte ich gar nicht ankommen, sondern …«, flüsterte sie und wischte sich über die Augen. Videt hatte sich sehr klar ausgedrückt: *»Du hast auf dem Meer nichts zu suchen.«* Vielleicht sollte sie nicht lebend hier ankommen.

Olafur räusperte sich. Er streichelte Aidar den Hals, in langen, weichen Bewegungen. Der Drache genoss die Zuwendung.

»Weißt du, warum der *Launige Vincent* so heißt, wie er heißt?«

Dakota schüttelte stumm den Kopf. Sie wischte sich mit beiden Händen übers Gesicht, als könnte sie so die Trauer aus ihren Gedanken wischen. Sie zog die Nase hoch und atmete schwer aus.

»Nein. Warum heißt er so?«

»Hast du Hangameh nie gefragt? Hier ist ein Archiv voller Antworten«, sagte er und lächelte. Er stand auf, hielt seine Hand unter Aidars Kinn und streichelte ihn sanft. Die Haut dort, unter seinem Maul, war weich und dünn. Aidar schloss die Augen und gab ein wohliges Brummen von sich.

»Ist es nicht merkwürdig«, sagte Olafur, »dass Drachen am Körper diese robusten Schuppen haben?« Um seine Aussage zu untermalen, kratzte er mit den Fingernägeln

Aidars Hals hinab, das schien dem Drachen noch besser zu gefallen als die Berührung unter dem Kinn.

»Aber die Flügel sind so empfindlich wie der weiche Schädel eines neugeborenen Kindes.«

Dakota wusste nichts über Babys oder deren Köpfe. Olafur berührte Aidars Flügel, er legte einfach seine Hand darauf. Aidars Wohlgefühl löste sich in einem unwilligen Protestlaut auf. Mit dem Kopf boxte er Olafur gegen die Brust und verlangte schnaubend nach weiteren Zärtlichkeiten am Hals. Olafur drehte den Kopf seines Smoks vorsichtig zur Seite, sodass Dakota den Verlauf seines Mauls und des Wangenknochens sehen konnte. Olafur strich die Anordnung der Schuppen mit dem Finger nach und Dakota erkannte – natürlich – die Drachensichel im Gesicht des Feuerdrachen.

»Manchmal sind die Antworten, die man will, näher, als man denkt.«

Dakota stand auf, berührte Aidar, sah ihn sich genau an. Dann huschte sie hinüber zu Nerina. Er konnte schließlich auch Feuer geben. Seine Schuppen formten ebenso, am Wangenknochen entlang, eine Drachensichel.

»Also, warum ist der *Launige Vincent* launisch? Und was hat das mit mir zu tun?«, fragte sie trotzig. Angestrengt überlegte sie, wo im Archiv sie zu suchen beginnen sollte.

»Es heißt in vielen alten Geschichten, dass die Leuchttürme mit den Lichtern reden können.« Olafur dachte, mit einem Ziehen in der Brust, dass dies auch eine Geschichte für Ambro wäre. Er hing immer an seinen Lippen, wenn er ihm vorlas oder erzählte, was die Ahnen noch wussten. Dakota blieb bei Nerina sitzen, streichelte den schlafenden Drachen und sah Olafur nicht an.

»Hangameh sagte, die Leuchttürme würden auch *miteinander* reden. Ich habe aber nie einen anderen gesehen als Vincent.«

»Ich auch nicht«, gab Olafur zu. »Ich bin nicht viel gereist.« *Zu den Himmelsbergen und zurück,* dachte er. *Immer am Fluss entlang.* Die Westküste von Leotrim hatte er noch nie gesehen.

»Du wolltest mir von Vincent erzählen«, erinnerte Dakota ihn.

»Ja, ja richtig. Meine Ahne hat immer erzählt, ihre Eltern wären nicht im *gelben Wald* geboren worden. Ja …« murmelte Olafur, dem gerade selbst etwas klar wurde. »Es gab Flieger in unserer Familie. Das sagte sie zumindest. Mein Vater ist ein Feuerbringer. Sein Vater auch. Aber davor, ein Onkel, vielleicht der Vater meiner Ahne, jedenfalls: Sie sagte, es gab Flieger in unserer Familie.«

Wieso habe ich Ambro das nicht erzählt?, fragte sich Olafur. *Wieso wollte ich unbedingt einen Feuerbringer? Ich war ganz sicher, er würde auch ein Feuerbringer werden.*

Aidar schnaubte, wie zur Antwort.

»Manchmal«, sagte Olafur und dachte dabei an seinen Sohn, von dem er nicht wusste, wo er jetzt gerade war, »versuchen Eltern, ihre Kinder zu schützen, und machen dabei alles falsch.« *Ich hätte Ambro mehr erklären müssen,* schalt er sich selbst. In seiner Vorstellung sprach er mit seinem Sohn, dem erwachsenen Ambro, mit dem er umherreiste und ihm all die Winkel von Leotrim zeigte, die er kannte oder selbst noch sehen wollte. Aber ein Kind kam nicht zur Welt, war im nächsten Augenblick 15 Lenze alt, vernünftig und bereit, sich anzuhören, was der Vater zu sagen hatte. *Ambro ist genauso ungeduldig wie ich,* dachte Olafur amüsiert.

»Wenn du willst, suche ich nach deiner Familie in der Chronik. Du kannst deinen Stammbaum leicht recherchieren. Hier«, sagte Dakota und Olafur hörte den Schalk in ihrer Stimme, »die Antworten sind näher, als du denkst.«

»Ja, das stimmt, aber das ist nicht das, was ich dir erzählen möchte.« Olafur lächelte das Mädchen dankbar an. Es hatte Humor, das gefiel ihm.

»Dieser Flieger war ein Hüter des Hafens. Meine Familie erzählt sich schon seit langer Zeit Geschichten über Vincent. Wir haben nicht viele Bücher, musst du wissen.«

Dakota nickte. Geschriebene Wörter waren etwas Besonderes. Das wusste sie sehr wohl.

»In den Geschichten heißt es, im Leuchtturm lebt eine Frau, aber sie ist kein Mensch. Sie ist eher eine wie …«

Olafur wollte sagen: ›eine wie du.‹ »Die Ahne nannte sie Türmerin. Der Leuchtturm hat sein Licht und die Türmerin ihr Horn. Draußen auf dem Meer können die Fischer das Licht sehen, selbst bei schlechtem Wetter, und sicher heimkehren. Und die Türmerin warnt mit ihrem Horn, also vor Stürmen, Waldbränden und Gefahren aller Art.«

»Ich lebe schon sehr lange hier, ich habe nie eine Frau gesehen oder ein Horn gehört.«

»Ja, natürlich, das ist ja das Tolle. Pass auf!« Olafur war ganz aufgeregt und rückte näher an Dakota heran.

»Sie hat sich gelangweilt.«

»Sie hat sich gelangweilt?«, fragte Dakota überrascht. Sie hatte etwas … Spektakuläreres erwartet.

»Ja und deshalb fing sie an, die Zeit anzugeben, mit dem Horn. Jeden Tag. Immer um die gleiche Zeit blies sie ihr Horn. Und die Leute fragten: »Was soll das? Was soll der Lärm? Du erschreckst nur die Kinder. Angeblich«, kicherte Olafur und musste kurz zu Atem kommen, »hat sie ihr Horn ins Meer geworfen, weil sie so wütend war, dass niemand ihren Dienst zu schätzen wusste. Und seither schweigt Vincent wie ein schmollendes Kind.«

»Es ist ja auch unsinnig, die Zeit anzugeben. Wozu?«, fragte Dakota, die aus alldem nicht schlau wurde.

Olafur nickte. »Ich versteh es auch nicht. Ich stehe auf, wenn die Sonne aufgeht, esse, wenn ich Hunger habe, arbeite so lange, wie das Tageslicht reicht, und gehe ins Nest, wenn meine Gefährtin sagt, dass der Tag vorbei ist.« Er lachte über seinen Scherz.

Dakota lächelte milde. »Das klingt nach einem sehr einsamen Leben«, sagte das Mädchen. Und meinte nicht Olafurs Tagesablauf, sondern das Leben der Türmerin, ohne Horn und Aufgabe in einem Leuchtturm, der schmollte. *Jeder braucht eine Aufgabe,* dachte Dakota, *und jemanden bei sich.* Sie hätte gern mit Hangameh gesprochen, über all das. Doch sie war nicht da.

»Wenn sie kein Mensch ist, was ist sie dann?«, fragte sie.

»Ich weiß es nicht genau«, antwortete Olafur leise, »es sind Geschichten, die meine Ahnen am Feuer erzählt haben, um uns die Abendstunden zu verkürzen, an kalten Dunkeltagen. »Vielleicht sind es nicht mehr als das: Geschichten.« Olafur legte sich die folgenden Worte sorgsam zurecht. »Sie sind keine Menschen. Aber Drachen sind sie auch nicht. Und …«

»Und was?« Dakota brüllte fast. Nerina erwachte, öffnete ein Auge und versuchte zu begreifen, wo er war.

»Und was?«, flüsterte Dakota erneut.

»Das Leuchtfeuer brennt Tag und Nacht.«

Dakota hockte auf dem Boden, lehnte sich an Nerina und dachte nach. »Feuer«, murmelte sie. »Leuchtfeuer.«

Nerina schwieg. Beim Wort ›Leuchtfeuer‹ wusste er sofort, worüber Olafur und Dakota sprachen. Er hätte ihnen sagen können, dass die Türmerinnen nichts Mütterliches an sich hatten. Sie waren nicht wie die *Mutter aller Wasser,* die dafür lebte, Eier zu legen und dafür sorgte, dass die Drachen nicht ausstarben. Die Türmerinnen waren anders, sie lebten im Leuchtturm, weil sie es so wollten, und kümmerten sich nicht um andere. Doch das stimmte nicht ganz. Das Horn galt nicht den Menschen. Dass diese dummen Menschen auch immer alles auf sich beziehen mussten. Das blaue Horn galt den Drachen, es warnte sie vor Gefahren. Und dann gab es noch ... *»Watchyn«,* sagte er. Mehr nicht.

Dakota war sich nicht sicher, ob sie Nerina gehört und richtig verstanden hatte. Er sprach immer leise. Es hätte auch ein Niesen sein können.

»Was hast du gesagt? Kennst du eine Türmerin?«

»Dieser hier. Alle«, sagte er. Natürlich kannte Nerina die Türmerinnen von Leotrim. Doch er war müde und noch nie gut darin, Worte zu gebrauchen. Wie sollte er Dakota begreiflich machen, was sie waren? Ein Leuchtturm war kein Ort, kein guter Ort für ein Mädchen wie sie. *Geh da nicht hin,* wollte er sagen. *Bleib bei mir,* wollte er sagen. *Hier, bei der Chronistin, bist du besser aufgehoben.*

Nerina fühlte sich schlecht, weil er nicht die Worte besaß, um dem Mädchen zu erklären, dass jeder Leuchtturm auf einem Felsen vor der Küste stand und somit kein Teil von Leotrim war. Türmerinnen waren Außenseiter, Ausgestoßene. Und so sagte er nur: *»Geh nicht.«*

»Natürlich nicht. Ich bleibe bei dir, bis du gesund bist. Ich gehe nirgends hin.«

Das reichte dem Drachen, vorerst.

VILEM SIEHT UNS NICHT MEHR

Walid flog von Sonnenaufgang bis in die Dunkelheit hinein, tagelang. Als er die Küste endlich sehen konnte – er roch das Meer schon, seit sie Ambro verlassen hatten – war er erschöpft, müde bis in die Knochen. Walids Broder war zwar ein dünner Kerl, wirklich nicht schwer, aber Walid war es nicht mehr gewohnt, weite Strecken am Stück zu fliegen. Die Flügel und die Schultern taten ihm weh. Nach Sonnenuntergang, wenn die Kälte ihm unter die Schuppen kroch, befürchtete er, De Botte nicht mehr halten zu können, die Glieder seiner Pfoten wurden ihm klamm.

Schließlich setzte er De Botte vorsichtig ab, kam selbst zu landen und streckte sich ausgiebig. Er legte sich flach auf den Boden, selbst den Kopf legte er ab und ließ seine Flügel ausgebreitet auf dem fast gefrorenen Gras ruhen.

»Geht es dir gut?«, fragte De Botte, kniete sich nieder und streichelte seinem Smok mit den Fingerspitzen die Nase.

Walid schnaubte.

»Was würde ich nur tun, ohne dich?«, murmelte De Botte.

»Laufen«, antwortete der Drache. De Botte lächelte. Er stand auf und sah sich um. Es war schon spät, finstere Nacht, daher bemerkte er es nicht gleich. Der Mond nahm noch zu, aber einige Wolken hatten sich vor ihn geschoben, als gelte es, ihn zu beschützen.

De Botte trat an die Kante der Klippe heran. Das Gestein, in der Nacht noch dunkler, sah bedrohlich aus. Eine gewaltige Mauer. Der Wind zerrte an ihm, zerzauste sein Haar, kühlte ihm Wangen und Ohren. Sein Mantel hielt ihn warm.

»Siehst du ihn?«, fragte Walid von weiter hinten. Er lag immer noch am selben Fleck. De Botte bemerkte, dass sein Smok vor Erschöpfung zitterte.

»Nein«, sagte De Botte nachdenklich. Er sah den Leuchtturm nicht und Scham überkam ihn, dass er seinen Smok so sehr angetrieben hatte und nun doch am falschen Platz war. Ob zu weit nördlich oder zu weit südlich konnte er nicht sagen.

Ich bin eingerostet, dachte er. *Früher wäre mir so etwas nicht passiert.* Gerade, als er sich umdrehen wollte, schließlich galt es, Feuerholz zu sammeln und seinem Smok ein vernünftiges Abendessen zuzubereiten, gaben die Wolken den Mond endlich wieder frei.

»Bei allen Lichtern«, entfuhr es De Botte. Sein Verstand wollte nicht begreifen, was seine Augen da sahen. Der Leuchtturm war …

»Was ist los?«, rief Walid. Er raffte sich auf, legte die Flügel an ihren Platz und kam zu De Botte gelaufen.

»Wo … was … warum?«, stammelte der Drache. Der Leuchtturm war weg. Der Fels, auf dem er einmal gestanden hatte, war zur Hälfte weggebrochen, die Trümmer des Turms lagen in großen Stücken außen herum und ragten hier und dort noch aus dem Wasser. Das weiße Gestein, das einmal die Außenhülle gewesen war, damals noch rund und glatt, sah wie ein Fremdkörper aus, ganze Brocken schimmerten unter der Wasseroberfläche. Algen und Moos bemühten sich nach Kräften, den Eindringling zu ihresgleichen zu machen.

De Botte schüttelte den Kopf.

»Ist das meine Schuld? War ich so lange weg?«, fragte er fassungslos. Der Turm antwortete nicht. Kein Licht leuchtete ihm den Weg. Wo war die Türmerin?

Walid quiekte einen leidvollen Laut. De Botte begriff, was sein Smok vorhatte.

»Sind Wasserdrachen in der Nähe?«, fragte er.

Walid antwortete: *»Ich spüre drei. Ich werde sie fragen, was hier passiert ist. Mit dir werden sie vermutlich nicht sprechen.«* Und so flog der Drache, obwohl er müde war, hinunter. Ein schmaler Streifen Strand bot ihm eine Landefläche, ohne dass er nasse Füße bekam.

De Botte sah hilflos von oben zu. Es gab keine Treppe hinunter, er konnte nicht kollern, obwohl Walid diverse Male versucht hatte, ihm die Sprache der Drachen beizubringen. Er musste abwarten.

Drei Wasserdrachen tauchten auf, sie schwammen grazil ans Ufer, wie die Wellen rollten sie sanft dahin. Sie blieben im Wasser, kamen aber nah an Walid heran, um mit ihm zu sprechen. De Botte hörte ihre Begrüßung, ein kurzer, kehliger Laut. Danach blieb er mit dem leisen Meeresrauschen, dem Wind und dem Atem der Nacht allein. Er setzte sich und schlang seinen Mantel eng um sich.

Walid kam erst nach einer gefühlten Ewigkeit zurück. De Botte sprang auf, als er seinen Drachen zurückkommen sah. Die Wasserdrachen verschwanden wieder im giftigen Nass.

»Sie sagen«, keuchte Walid und landete direkt vor seinem Broder, »Vilem ist noch da. Er redet mit ihnen.«

»Er redet noch?«

»Offensichtlich ist er nicht ertrunken. Er ist noch da. Im Wasser.«

De Botte legte wieder seine kalten Finger auf seine Lippen und dachte nach.

»Sein Feuer ist ausgegangen«, sagte Walid. Und nach einer kleinen Pause fügte er an, obwohl er die Worte nicht sagen wollte: *»Sie ist ertrunken. Eingeklemmt, zwischen …«*

»Ich verstehe schon.« De Botte war schlecht. Seine Gedanken jagten durch seinen Kopf, wie ein wilder Hund einen Hasen jagt, der Haken schlägt.

»Ich muss zu Nerina. Meine Aufgabe ist Nerina, er muss wieder auf die dunkle Insel. Aber Vilem braucht auch Hilfe. Wer kann denn einen Leuchtturm aufbauen? Wer hilft – wer kann hier helfen?« De Botte schlug sich mit beiden Händen gegen den Kopf. Er hockte sich ins Gras wie ein trotziges Kind.

»Hör auf«, sagte Walid leise. *»Welcher Leuchtturm ist näher? Valtrim oder Vincent?«*

De Botte fasste sich, er fuhr sich mit den Händen übers Gesicht und atmete lange aus.

»Haben die Wasserdrachen gesagt, wer das getan hat?«

»Meinst du einen Angriff? Niemand hat das getan. Der Fels ist weggebrochen. Vermutlich hat das Meer sein schädliches Werk getan.«

De Botte nickte. *»Gut«*, sagte er. *»Wir müssen zur Chronistin. Sie hat vier Scheiben. Wir brauchen Hilfe. Alles, jeden, den wir kriegen können.«* Er stand auf und ging wieder an die Kante der Klippe. Er kniete im Gras und sah hinunter. *Halt durch,* dachte er. Aber Vilem hörte ihn nicht, dort unter Wasser.

»Meinst du, die Wasserdrachen können ein paar Trümmer an den Strand schaffen? Ins Trockene? Geh, frag sie. Sag ihnen, alle müssen mithelfen.«

Walid hatte seine Müdigkeit vergessen. Sein Körper zitterte immer noch, aber nicht, weil er so erschöpft war.

Er wusste, sobald die Sonne aufging, würden sie weiter, schneller vorankommen müssen. Im Flug rief er sie wieder, die Wasserdrachen, und sagte ihnen, was der Bote ihm aufgetragen hatte.

»Wie konnte mir das nur entgehen?«, flüsterte De Botte.

***

In einem anderen Teil von Leotrim lag Odd in seinem Versteck und lauschte den Geräuschen unter sich. Er hatte genug Dunkeltage in Höhlen verbracht, um das typische Schaben der Erddrachen zu erkennen. Etwas war da im Gange. Sprichwörtlich. Odd kroch aus dem hohlen Baumstamm, in dem er sich verborgen gehalten hatte, legte ein Ohr auf den Boden, um besser ausmachen zu können, wo der Drache war. Er hatte keine Angst. Irgendwie war er sicher, seine Verfolger würden sich nicht die Mühe machen und nach ihm graben lassen. Dieser Drache war zu weit von Einar entfernt, wenn er denn von dort kam. Einen Tunnel hierher zu graben, musste Tage dauern.

Odd stampfte drei Mal mit dem Fuß, um auf sich aufmerksam zu machen. Das Geräusch erstarb. Kurz. Odd stampfte wieder. Drei Mal.

Unter der Erde wurde als Antwort drei Mal geschabt.

»Ich bin hier!«, rief Odd leotrisch und klopfte nun mit den Händen.

Der Erddrache änderte die Richtung, Odd hörte es deutlich, er kam näher. Zu ihm. Schließlich brach ein kleiner, brauner Drachenkopf durch den Boden. Die Erde war dunkel und fest, Odd hatte Glück, bis jetzt hatte es noch keinen Bodenfrost gegeben. Sonst wäre der Drache nicht nach oben durchgedrungen. Odd starrte in die braunen, gutmütigen Augen eines Drachenmädchens. Er sah das an der schlanken Kopfform. Es war noch jung, noch klein.

»Ich bin aus Einar geflohen«, sagte Odd. Wohl wissend, dass ihm das Drachenmädchen nicht antworten würde. Erddrachen waren extrem scheu. Und wortkarg. Sie redeten auch mit ihren verbundenen Geschwistern nicht viel. »Mein Smok ist in Gefahr. Und noch ein Drachenmädchen. Es ist ganz allein.« Die Erddrachin kam nun ganz aus ihrem Tunnel heraus. Es war dunkel, die Nacht war schon alt. *Tagsüber, bei Sonnenschein, hätte sie das wohl nicht gemacht,* dachte Odd. Er war verblüfft, wie zutraulich sie war. Und das unter diesen Umständen. Sie musste ihm vertrauen und er ihr. Sie vergrößerte das Loch, aus dem sie gekommen war, und sah ihn dann erwartungsvoll an. Sie sagte nicht »Komm mit«, aber Odd verstand ihren Blick so und zögerte nicht, hineinzusteigen. Er wunderte sich über sich selbst. Er krabbelte auf allen Vieren voraus. Das Drachenmädchen folgte ihm, schloss sogar das Loch hinter sich, um ihre Spuren zu verbergen. Jedes Mal, wenn er links gehen sollte, kniff sie ihn mit der Schnauze vorsichtig in den linken Fuß. Wenn er rechts gehen sollte, eben rechts. Sie verstanden sich wortlos.

Es kam Odd so vor, als wäre er sehr lange unterwegs. Aber seine Sinne konnten ihn trügen, schließlich bewegte er sich in absoluter Dunkelheit, in einem Gang, der gerade mal groß genug war für einen jungen Erddrachen. Bald war ihm kalt, er war völlig verdreckt, durchnässt und hatte wunde Knie und Ellenbogen.

Irgendwann rückte die Decke von ihm ab und er konnte sich endlich aufrichten. Die Drachin huschte an ihm vorbei und übernahm die Führung. Er hatte seine Mühe, mit ihr mitzuhalten, im Laufschritt folgte er ihr und keuchte bald angestrengt. Die Luft war feucht und muffig.

Odd sorgte sich um Bobbi und Fior. Immer wieder rief er nach den beiden. Mowarisch. Es machte keinen Sinn, hier unten nach ihnen zu pfeifen. Er wusste, Drachen konnten meilenweit kollern und miteinander reden. Doch eine mowarische Verbindung hatte Grenzen. Es kam auch auf die Stärke der Verbindung an. Bobbi mochte ihn noch hören, aber Fior? Sie sprach nicht einmal mit ihm, wenn er ihr gegenüberstand. Ob sie sein Rufen hörte – er konnte es nicht sagen.

Das Drachenmädchen blieb plötzlich stehen. Roch in diesen Gang, dann in den nächsten. Schließlich sah es Odd direkt an, baute sich regelrecht vor ihm auf.

Wieder verstand er es wortlos. »Bobbi!«, sagte er. »Bobbi und Fior.« Unnötigerweise zeigte er mit dem Finger nach oben. Die Drachin begann zu kollern: ein tiefes, kehliges Brummen kam aus ihrer Brust, es wurde tiefer und tiefer, bis Odd es mit seinen Ohren nicht mehr hören konnte. Er bildete sich ein, das Brummen noch in der Magengegend zu spüren. Das konnte aber auch sein Hunger sein. »Du rufst sie? Gut!«, sagte er.

Sie drehte sich um und marschierte weiter. Odd folgte ihr.

Bald hörte er etwas. Stimmen. Inständig hoffte er, dies möge keine Falle sein, er hoffte, nicht in der Mitte der Drachenquäler zu landen. Dann wäre alles aus. Die Chronistin hatte so viel Hoffnung in ihn gesetzt und er glaubte es inzwischen auch: *Wenn ich diese Drachen befreie, habe ich meine Schuld beglichen!*

Er kam den Stimmen näher, es klang wie eine … Ratssitzung. Sie gingen links entlang, einen weiteren Tunnel, noch größer als der vorherige. Die Wände waren feucht. Er konnte Licht sehen. Endlich. Ein Feuer bedeutete etwas zu essen, Wärme, ein Nest für die Nacht.

Das Drachenmädchen trat in die Höhle, ohne zu zögern oder zu sprechen, ging auf eine Gruppe Drachen zu und legte sich dort nieder. Es kümmerte sich nicht um Odd, sah sich nicht einmal nach ihm um.

Er trat verlegen in den Lichtschein, knetete seine Hände vor dem Bauch und sagte schüchtern: »Hala.«

Eine Frau schrie und hielt sich erschrocken eine Hand vor den Mund. Einige Männer sprangen auf, bereit, den Eindringling mit Fäusten davonzujagen. Ein alter Mann in langem Gewand gebot Einhalt.

»Beruhigt euch, Freunde«, sagte er mit erhobenen Händen. »Seht doch, aus welcher Richtung er kommt.« Odd vermutete sofort, dass sein Weg hierher geheim war.

Der alte Mann kam auf Odd zu. Der sah an sich herunter und bemerkte, dass er von oben bis unten verdreckt war, Erde und Lehm, Spinnweben und Staub.

»Du brauchst ein Bad«, sagte Melih Dor.

»Ich brauche Hilfe«, sagte Odd, »ich komme aus Einar.«

***

»Ruh dich aus!«, sagte De Botte zu seinem Smok. Walid rollte sich zusammen, steckte die Nase unter den Flügel und schlief sofort ein. De Botte sammelte Holz, Kräuter, Gräser und ein paar Wurzeln. Er hätte seinem Drachen gern einen Hasen angeboten oder irgendeinen Vogel, etwas Deftiges, schließlich musste er hart arbeiten für seine Aufgabe. Aber er war auch müde, ungeduldig, es musste so gehen. Er entfachte mit zwei Steinen ein kleines Feuer, stellte den Topf, den er auf Reisen immer bei sich hatte, direkt in die Flammen und kochte erst einmal das Wasser ab. Das letzte Wasser aus

seinem Schlauch. Morgen mussten sie dringend eine Quelle finden.

Am Morgen erwachte er, die Kräuter und Wurzeln lagen, von Eiskristallen bedeckt, neben der Feuerstelle, die Asche war kalt und das Wasser bis auf einen kümmerlichen Rest verdampft.

»Verdammt, ich bin eingeschlafen!«, schrie De Botte. »Das wird ja immer besser.«

In der Ferne hörte er einen kehligen Laut. Walid streckte sich aus, schüttelte sich das Tauwasser von den Flügeln, trat an den Rand der Klippe und sah hinunter.

»Es gibt Fisch und Algen zum Frühstück«, sagte er und ließ sich fallen. De Botte schaute, was sich dort unten tat und sah, dass sich mehrere Wasserdrachen am Strand aufhielten und nach oben schauten. Walid kehrte um, nahm den Henkel des Gusstopfes mit der Schnauze vorsichtig auf und flog noch einen großen Bogen, bevor er am Strand landete.

Walid fraß einen der Fische, den die Wasserdrachen mitgebracht hatten, am Stück auf.

»Lass mir was übrig!«, brüllte De Botte.

Kurz darauf kam Walid zurück. In dem Gusstopf lag noch ein halber Dorsch. Er hatte dem Fisch den Kopf abgebissen, den Rest legte er De Botte vor die Füße.

»Ein prächtiges Frühstück«, sagte er.

Nachdem De Botte den Dorsch gebraten hatte und auch satt war, machten sie sich wieder auf den Weg. Weiter, weiter. Sie mussten zur Chronistin.

***

Dakota war im Archiv verschwunden. Olafur hatte ganz recht. Manche Antworten waren näher, als sie dachte. Hangameh war nicht da, aber sie kannte sich schließlich aus. Nerina schlief und war versorgt. Sie hatte Zeit, in die Tiefen des Archivs abzutauchen und zu sehen, was die Chronik von Leotrim für sie bereithielt.

Olafur langweilte sich. Aidar war davongeflogen, um Fleisch und neue Eier zu besorgen. Er musste für die Eier immer weitere Strecken fliegen, weil er alle Dörfer im Umkreis schon um ihre Vorräte gebracht hatte. Manche freiwillig, weil sie bereit waren zu helfen, zwei weitere unfreiwillig. Olafur würde die Schuld noch in Salz begleichen müssen.

Die Chronik, das aktuelle Buch, das Hangameh führte, lag aufgeschlagen auf ihrem Schreibpult, die Feder ruhte, still und bewegungslos, zwischen den Seiten, als würde sie schlafen. Olafur las neugierig die Einträge der dargebotenen Seiten, las den Dialog zwischen Hangameh und Mersan und staunte mit offenem Mund: »Noch ein Chronist«, murmelte er.

Um die Chronik, ein gewaltiges Buch, das fast den ganzen Tisch bedeckte, lagen Notizen und kleine Zettel, aber auch Briefe aus wertvollem Pergamentpapier. Olafur erkannte sofort Ambros krakelige Kinderschrift. Ohne schlechtes Gewissen, dass er in die Privatsphäre der Chronistin eindrang, zog er den Brief hervor, den Ambro geschrieben hatte.

Aber zuerst muss ich in die Himmelsberge. Die Mutter aller Wasser hat mich gerufen, las er. Und dann: *Norwin wurde von einem Mann mit einem Messer angegriffen.*

Olafur ließ den Brief fallen, griff sich seinen Mantel und seine Habseligkeiten und rannte die Wendeltreppe hinauf. Nerinas Wunden würden heilen. Dakota kümmerte sich um ihn. Hier wurde er nicht am dringendsten gebraucht. Ambro und Norwin waren auf dem Weg in die Himmelsberge. Der Weg war gefährlich. Olafur rannte die Küste entlang und brüllte aus Leibeskräften: »AIDAR! Zu mir!«

***

Während De Botte auf dem Weg zur Höhle der Chronistin war, sprach Melih Dor sehr lange mit Odd. Der Tag brach an, aber tief in der Höhle bekamen Odd und die Männer und Frauen des Rates nichts davon mit. Sie erklärten ihren Plan, einen Tunnel zu bauen, einen Fluchtweg für die Erddrachen. »Wir arbeiten schon sehr lange daran«, sagte Melih Dor und klang müde. Der Feuerdrache, der dem Rat angehörte, stupste ihn mit der Nase an, sprach offensichtlich zu ihm. Odd sah von einem zum anderen, wartete auf eine Erklärung.

»Die Drachen sagen immer wieder: ›Vilem sieht uns nicht mehr.‹”

»Weißt du, was das bedeutet?«, fragte Odd. Melih Dor nickte stumm. »Ja, dass wir endlich handeln müssen.«

Tibor brachte die Drachen Bobbi und Fior in die Höhle, als wären sie alte Freunde. Bobbi warf Odd beinahe um bei der Begrüßung. *»Du hast sie abgehängt«,* sagte Odd atemlos, glücklich, seinen Smok gesund wiederzusehen.

»Natürlich«, sagte der Drache, *»oder hast du etwas anderes erwartet?«*

Erst jetzt traute sich Odd, an den Rat gewandt, zu sagen: »Ein Tunnel von unten wird nicht reichen. Wir brauchen einen guten Plan.« Odd hatte da eine Idee.

AM MEER GEBOREN

Die Bewohner von Kusten machten sich auf, echten Beinwell zu finden, um Krywult zu helfen. Die Heilerin im Dorf hatte sie angewiesen, zu bringen, was sie finden konnten, auch wenn jetzt nicht die Jahreszeit für Beinwell war. Ein paar haarige Stiele waren besser als nichts.

»Krywults rechtes Bein ist gebrochen, das linke nur sehr stark gestaucht«, sagte das alte Weib zu Krywults Mutter, »es ist ein Glück, dass der Bruch nicht offen ist.«

Doch Glück empfanden Mutter und Schwester nicht. Krywult war wütend, wie von Sinnen, er hatte Schmerzen und wollte nicht still liegen und sie wussten, sie würden ihn pflegen müssen. Lange Zeit pflegen und dann konnte niemand sagen, ob er je wieder würde gehen können. Glück, das war etwas anderes. Die Heilerin schiente beide Beine, einer der Fischer fertigte ihm Achselstützen, doch er bekam das strikte Gebot, nicht aufzustehen.

Das war Krywult aber herzlich egal. Er fühlte sich, als ob er in einem großen Blumentopf gefangen wäre, bewegungslos, eingegraben bis zum Hals in dunkler Erde. Nur seine Fingerspitzen ragten aus dem Gefängnis heraus, und sein Kopf. Es war Zeit, sich da herauszugraben. In der Nacht, als alle schliefen, kroch er fiebrig, unter Schmerzen, zur Höhle hinaus und die in Stein geschlagene Treppe hinauf zur Küste. Seine Beine waren zu nichts zu gebrauchen, sie pochten, jeder Herzschlag war Schmerz. Mit den

Armen zog er sich hoch, kroch wie ein Wurm nach oben. Es dauerte die halbe Nacht. Er schwitzte, keuchte, kotzte schließlich auf die Treppe. Und weil er noch nicht ganz oben war, musste er auch da durchkriechen, um endlich oben auf der Kante von Leotrim sitzen zu können. Die Krücken lagen nutzlos in seiner Kammer. Er hätte auch nicht gewusst, wie er aus dem Sitzen in den Stand kommen sollte. Seinen Beinen traute er nie wieder zu, ihn zu tragen.

Vom Knie abwärts war alles geschwollen, nach dem Verband, ganz unten, kamen dicke, rote Füße zum Vorschein. Fremdkörper, gekochte Krebse oder irgendetwas, das nicht mehr Morin Krywult war.

Sein Vater war genau von dieser Stelle gesprungen, als Morin noch ein Kind war. Er dachte über dessen Gründe nach, und seine eigenen.

»Es ist ganz leicht«, flüsterte er in den Wind. Er musste sich nur mit den Händen abstoßen, ein kleiner Hüpfer, so wie man in einen Badezuber glitt. *Vielleicht irren die Leute,* dachte Morin. *Vielleicht sind Holoschs Hände ganz warm, wie ein Bad. Man taucht ein, schließt die Augen und dann ist alles ruhig, friedlich, dunkel.*

Gerade als er seine Hände links und rechts auf das kalte Gestein der Küste legte, ein paar kleine Kiesel piksten ihn in die Handflächen, hörte er jemanden sprechen. In der Ferne. Der Wind trug die Worte nicht heran, nur den Klang der Stimmen. Und Krywult sah hinunter, nicht zu dem Platz, der ihn schon Jahre mahnend an den toten Vater erinnerte, sondern an den Strand, wo die Reste seines Wutausbruchs Zeugnis ablegten von seinem Versagen.

Zwei Männer gingen um das Gerüst seines Drachmasters herum, sammelten Holzstücke ein, nahmen mit einem Bindfaden Maß, beratschlagten, was zu tun sei.

Krywult konnte im Schein des Mondlichts Leif erkennen und seinen Bruder. Sie waren beide gute Bootsbauer, erfahrene Holzarbeiter.

Dass sie dort unten, mitten in der Nacht, prüften, was von dem zerschlagenen Holz noch zu gebrauchen war, rührte Krywult. Ihm kam ein eigenartiger Gedanke: *Machen die das für mich?*

Krywult schloss die Augen und ließ es für einen Moment zu: Die Vorstellung, seine Beine heilten, Leif und die anderen bauten einen Drachmaster und am Schluss, ganz am Schluss, könnte er doch noch etwas anderes sein als Salzträger.

Hinter alldem hielt sich noch ein Gedanke verborgen, einer, der Dakota galt. Morin Krywult blieb sitzen, bis zum Sonnenaufgang.

DER DUNKLE DRACHE

Dakota hob den Brief auf, der zu Boden gefallen war. Ambros Brief. Sie überflog die Worte, seufzte und dachte natürlich, dass Hangameh, wie Olafur auch, überstürzt losgelaufen war, um Ambro zu helfen. »Deshalb bist du nicht da«, flüsterte das Mädchen. Hangameh hatte es nicht verraten, auch nicht verlassen. *Ob sie das für mich machen würde?,* fragte sich Dakota traurig. Sie hatte nicht geschrieben, das war ihr gar nicht in den Sinn gekommen. Sie legte den Brief auf die aufgeschlagene Seite, ohne zu lesen, was da stand, und wandte sich zu Nerina um. Sie sah den Drachen lange an. Er machte etwas mit ihr, sie begriff nur nicht, was.

Dakota irrte. Hangameh reiste mit Yari einmal quer durch Leotrim, bestens unterhalten von Nev und dem neuen Amon. Der Drache trauerte seinem alten Leben nicht nach, es war nicht besonders schön gewesen. Er hörte den lockenden Ruf der Himmelsberge. Er könnte heimkehren, seinen Lebensabend in den Bergen verbringen wie so viele andere. Drachen werden alt, wenn man sie lässt. Sie überleben ihre Menschen, zumeist. Doch Amon wollte nicht in die Himmelsberge. Noch nicht. Das Leben musste doch noch etwas für ihn bereithalten, fand er. In Gesellschaft von Nev und Hangameh versuchte er sich an Wörtern, Gedanken, an einer Idee von ›morgen‹. Sein Name war nur der Anfang. Ein

Neubeginn, von dem er nicht einmal zu träumen gewagt hatte.

Hangameh schlief viel, das Nest mit einem Drachen zu teilen, war etwas ganz Neues für sie, die behagliche Wärme, mitten in der Nacht zu wissen: *Ich bin nicht allein.*

Sie vergaß beinahe, wer sie war. Aber nur beinahe.

Dakota wusste ganz genau, was sie war. Allein. Allein mit einem dunklen Drachen, den sie versehentlich schlimm verbrannt hatte. Olafur hatte ihr gezeigt, wie man den Verband wechselte, wie man Nerina versorgen musste. Dennoch, nun war es eigentümlich still um sie. Nerina schlief, sein Atem klang, als wäre er aus einer Geistergeschichte geschlüpft. Rasselnd, mühevoll.

Es war noch gar nicht lange her, da war sie hier arglos durch die Gänge gehuscht, hatte sich um Hangameh gekümmert, um ihre Aufgaben, sie war beschäftigt gewesen. Die Stille war ihr nie aufgefallen. Das Meeresrauschen und Hangameh hatten ihr gereicht. Jetzt war das anders, nachdem sie das Leben im Kreis der Bewohner von Kusten kannte, mit dem ständigen Kommen und Gehen der Drachen, dem Kindergeschrei und den vielen Aufforderungen:

»Spiel mit mir.«

»Geh mit uns in die dunkelsten Tunnel.«

»Kind, hilf mir beim Kochen.«

»Halt mal diesen Knoten hier, ich muss das Netz reparieren.«

Nun reichte das Meeresrauschen nicht mehr. Hangameh reichte nicht mehr. Dakota ging in ihre Schlafkammer, suchte und fand es schnell. Ihr letztes Geschenk für Hangameh. Natürlich hatte sie etwas für die Chronistin. Ein Geschenk, das ihr mehr bedeuten würde als alle anderen gebastelten Dinge vorher. Dakota betrachtete die Zeichnung, die Ambro von Rem angefertigt hatte. Mit ihrer Hilfe, ja. Aber es war sein Werk. Sein Papier, sein Bleistift, es kam aus ihm heraus. Sie hatte ihm die Zeichnung aus der Hand gerissen und war davongelaufen, damals am Strand. Wie ein törichtes, dummes Ding.

»Ambro hätte mir die Zeichnung bestimmt geschenkt, wenn ich gefragt hätte«, flüsterte sie traurig. Sie strich mit dem Zeigefinger Rems Hals entlang. Sie wollte Hangameh die Zeichnung schenken, ihr einen Drachen schenken, einen eigenen. Doch Dakota war gegangen und hatte die Zeichnung in ihrer Kammer liegen lassen.

»Ich war ein bisschen eifersüchtig auf Ambro«, gab sie zu. Da war etwas gewesen … Dakota hatte keine Worte dafür, nur eine Ahnung. Ambro würde erwachsen werden, jemanden für sich finden, Kinder haben. Hangameh schrieb die Daten und Zeremonien der Menschen und ihrer Drachen in die Chronik. Sie veränderte sich nicht.

Auch Dakota war ihr über den Kopf gewachsen und sie beide spürten, was das mit ihnen machte. Dakota kam sich nicht klüger vor, nicht reifer, nicht besser. Aber die Zeit veränderte sie, ließ sie wachsen. Und das blieb der Chronistin versagt.

Dakota ging in Hangamehs Kammer und legte das Bild auf die Decke, die zerwühlt in ihrem Nest lag. Ob sie ihren Vater fand, ob tatsächlich eine Türmerin ihre Mutter war, spielte keine Rolle. Dakota hatte etwas, das Hangameh nicht haben würde. Eine Zukunft. Und ein Ende.

Es war ihr nie in den Sinn gekommen, vorher, sich Leotrim anzusehen, jeden Winkel, so wie Ambro. Alle Bewohner kennenzulernen, alle Wunder zu entdecken. Und dann: vielleicht selbst Kinder zu haben. Dakota kicherte. Sie und Kinder. Rothaarige, aschgraue Sonderlinge.

»Wenn ich einen Gefährten hätte«, sagte sie laut und schaute nachdenklich auf das Bild von Rem hinab, »könnte er in die Himmelsberge. Meine Kinder könnten einen Drachen haben.«

Beschwingt von diesem Gedanken drehte sie sich um, schloss die kleine Tür hinter sich und ging zurück zu Nerina.

***

Dakota verfiel schnell in ihren alten Rhythmus. Die Arbeit im Archiv und die Versorgung von Nerina unterschieden sich kaum von früher. *Hangameh war mindestens so brummig und wortkarg wie der dunkle Drache,* dachte Dakota belustigt. Die Chronistin war weg, aber Dakota wusste, was zu tun war. Sie schleppte das Buch samt Pult trotz der Kälte vor zum Höhleneingang, damit kein Besucher, der einen Eintrag vornehmen lassen oder nachlesen wollte, Nerina zu Gesicht bekam. Nachts suchte sie nach Antworten, nach Olin, nach den Leuchttürmen von Leotrim, den Türmerinnen. Sie fand überraschend viel über Nerina.

»Wortwerker«, las sie laut, mit dem Finger auf dem Papier. *»Was sind denn Wortwerker?«,* fragte sie Nerina. Und dann sah sie noch eine kleine Anmerkung, von Hangameh an den Rand gekritzelt.

»Du bist ja ein Mädchen«, flüsterte sie. Der dunkle Drache hob den Kopf und sah sie herausfordernd an. Seit Tagen ertrug er die Verbandswechsel, die Schmerzen, das Kribbeln seiner heilenden Haut. Wortlos. Was hätte er auch sagen sollen? *Meine Wunden heilen zu schnell, ich will hier nicht weg?* Ihm fehlten die Worte dafür. Er konnte das empfinden, aber nicht ausdrücken. Und nun das.

»Ich behalte es für mich«, sagte Dakota, *»du bist ›Dieser hier‹.«* Damit nahm sie die Feder, tauchte sie tief in die blaue Tinte und kleckste auf Hangamehs Bemerkung. So lange, bis die Wörter völlig unleserlich waren.

Nerina lehnte sich wieder an die Wand. Seine Wunden waren noch nicht so weit verheilt, dass er wieder mit dem Bauch und dem Kopf auf dem Boden liegen konnte. Er schloss die Augen und wartete ab. Der Bote war nah.

LASST DIE DRACHEN FLIEGEN

Nilofar warf sich ihrem Vater in die Arme. Es war schon Abend geworden, Melih Dor hatte eine Fackel entzündet und nach getaner Arbeit wieder am Höhleneingang auf sein Kind gewartet, wie tags zuvor.

»Da bist du wieder«, sagte er leise. Kurz zuvor war er sich nicht sicher gewesen, ob sie je zurückkäme. Das Leben hier war unnötig hart. Er hätte es verstanden, wenn sie mit diesem Jungen und seinem Drachen ein neues Leben gewählt hätte. Doch nun, als er seine Arme um sie schlang, gab es keinen Zweifel mehr, sie hatte zurückkommen müssen. Alles was er tat, war für sie. Sie sollte, nein, sie *musste* sehen, dass er handelte. Endlich handelte und nicht bloß ein bienenverliebter Büchernarr war. *Irgendwann werde ich ein Buch über Bienen schreiben,* dachte er, *und allen erklären, was diese wunderbaren Damen leisten. Doch jetzt müssen wir erst ein paar Drachen befreien.*

Odds Plan war gut. Melih Dor wäre zwar lieber gewesen, die Menschen von Einar würden Vernunft annehmen, sich umdrehen und der Arena den Rücken kehren – ohne Zuschauer gab es kein Geschäft und keinen Profit –, so würde diesem Gräuel jede Grundlage entzogen und alles beendet, aber darauf wartete er schon zu lange. Odd hatte recht. Sie mussten mehr tun.

»Vater, ich wollte …«, begann Nilofar. Melih Dor strich seiner Tochter über ihr dunkles Haar, dann fuhr er mit dem Zeigefinger ihre rechte Augenbraue entlang. Nilofar hatte sehr buschige Augenbrauen und oft einen Ausdruck von Wut im Gesicht. Sie lächelte so gut wie nie und Melih Dor tat es leid, dass sein Kind so viel Grund zu Sorge und Zorn hatte. Gerne hätte er all den Kummer weggewischt, mit einer weichen Handbewegung.

»Ich weiß, was du wolltest. Das ist jetzt nicht wichtig. Ich erzähle dir den Plan und wenn alles vorbei ist, erzählst du mir von Ambro und eurem Aufbruch.«

Nilofar nickte. Ihr Vater hatte Aufbruch gesagt, nicht Flucht. Nicht Weglaufen.

»Greifen wir endlich Einar an?«, fragte sie mit eisiger Stimme.

Melih Dor legte seiner Tochter seine dürre Hand auf die Schulter und sagte mit erhobenem Zeigefinger: »Keinem Menschen darf ein Leid geschehen. Wir sind nicht wie die. Du kennst meine Ansichten. Deinen Bogen lässt du hier.«

Nilofar nickte erneut. Sie kannte seine Ansichten gut. Auch seine ellenlangen Vorträge. Viele Male hatten sie gestritten, weil sie mit Pfeil und Bogen losziehen und Vergeltung üben wollte, während er gewaltlose Lösungen suchte, Zeit verplemperte und gar nichts tat. Sie war weggelaufen, ja. Auch deshalb, weil sie es leid war, zu reden, zu warten, Tag um Tag verstreichen zu lassen. Sie waren hier und die Drachen in Einar mussten kämpfen, immer wieder um ihr Leben kämpfen.

»Weißt du, was mit Bienen geschieht, die zustechen?«, fragte er.

»Sie sterben«, leierte Nilofar die Antwort herunter. »Sie können sich nur ein Mal wehren.« Sie hatte diese ständigen Belehrungen satt.

»Du kommst genau richtig. Morgen Mittag legen wir los. Wenn alle auf dem Marktplatz sind.«

»Ohne zu stechen?«

»Ja. Ohne zu sterben.«

***

Lautlos trat De Botte in die Wohnstatt der Chronistin ein. Walid hockte noch am Eingang, er musste verschnaufen, die letzten Tage hatten ihn Kraft gekostet. Er war kein Flieger, er war ein Feuerbringer. Er war nicht gemacht für so lange Strecken innerhalb solch kurzer Zeit. Er ließ die Flügel, rechts und links, wie leblos auf dem Boden ruhen und atmete tief ein und aus. Dann folgte er seinem Broder, mit kleinen Schritten und geducktem Kopf.

In der Feuerschale brannten kleine Flammen, die Höhle lag in diffusem Licht. Dakota schlief, an Nerina gelehnt, direkt auf dem Boden. Mit ihrer Decke hatte sie sich und Nerinas Hinterlauf zugedeckt – wäre der Drache nicht so schwer verletzt, De Botte hätte sich über den Anblick amüsiert. Nerina starrte De Botte mit offenen Augen an.

»Dieser hier. Hat auf dich gewartet.«

Ich wäre schneller gewesen, dachte De Botte, *wenn ich nicht so ein Dummkopf wäre und meine Arbeit gemacht hätte.* Er ging auf Nerina zu. Der Drache verfolgte seine Bewegungen mit den gelben Augen. De Botte kniete sich vor Nerina nieder. Er hatte seine Worte noch nicht gesagt, sie steckten ihm im Halse.

»Was, bei allen Eisriesen, ist passiert? Was ist dir zugestoßen?« Liebevoll tätschelte De Botte Nerinas Nase, streichelte seinen Hals, kraulte die dünne Haut unter seinem Kinn.

»Dieser hier. Gebrannt.«

De Botte betrachtete die schlafende Dakota. Er sah ihr rotes Haar, die helle Haut, die Sichel in ihrem Gesicht.

Er musste es nicht sehen, um zu wissen, dass ihre Augen grau waren. Sie konnten gar nichts anderes sein als grau.

»Eine Türmerin kümmert sich um dich?«, fragte De Botte. Er stand auf, trat nah an Dakota heran.

Sie hat das Gesicht eines Kindes, dachte er. *Aber was soll die Sichel?*

»Keine«, antwortete Nerina. Dakota war keine Türmerin. Dakota war wie er. Anders. Nicht ganz genau wie die anderen. Aber fast.

»Hat sie dich …?«

»Ja.«

Nerina schnaubte, brummte tief, regte sich. Dakota erwachte. Sie erschrak nicht über den Fremden. Sie war es gewohnt, dass Leute einfach kamen, mit ihren Anliegen und Fragen und Bitten, die Chronik betreffend. Doch dann fiel ihr wieder ein, dass die Chronistin gar nicht da und Nerina schwer verletzt war. Sie stand hastig auf, sie war zu klein und zu gering, um Nerina zu verbergen. Dennoch stellte sie sich vor den Drachen hin, als könnte sie von ihm ablenken.

De Botte wandte sich an Nerina. *»Du weißt, dass du zurückmusst!? Dich haben schon zu viele gesehen. Du hast viel verändert. Die Menschen kommen mit Veränderungen nicht besonders gut zurecht.«*

Nerina wusste das. Veränderungen endeten gewöhnlich blutig. Aber er wollte nicht zurück. Noch nicht. Nerina wurde nicht oft gerufen. Die wenigsten Tode waren so gravierend wie der von Silván. Drachen, die einen Nachfolger brauchten, wurden von ihm nach Drachenwart gebracht. Alle anderen holte Olin selbst. Nerina wurde immer ganz schlecht bei dem Gedanken daran, dass er einmal seine Mutter würde tragen müssen. Wenn sie keine Eier mehr legen konnte, war auch ihr Leben zu Ende.

Drachen starben, genau wie Menschen, in Höhlen und auf Reisen. Im Kreis ihrer Lieben oder auf einem Feld, mitten bei der Arbeit. Diejenigen, die spürten, dass Holosch auf dem Weg zu ihnen war, flogen selbst zurück nach Hause in die Himmelsberge. Die Berge waren ein Ort von Anfang und Ende. Die Mutter legte dort ihre Eier, schickte ihre Kinder hinaus in die Welt. Am Schluss kamen sie zurück, um dort zu sterben. Nicht in der großen Halle – es gab tausende Höhlen, Bergseen und friedliche Plätze vom Fuße bis zum Gipfel.

Nerina wusste, es gab einige wenige Drachen, die wie ihre Menschen beerdigt wurden, mit Grablegefeier und Feuer, genau dort, wo sie gelebt hatten. Aber das war ihre Entscheidung, nicht seine. Er tat, was man ihm sagte, flog dorthin, wohin man ihn schickte. Der Bote sah ihn an. Da war Mitleid in seinem Blick.

»Dieser hier. Verletzt.«

»Das sehe ich. Deshalb schweige ich, bis du ganz gesund bist. Wer weiß, was du verletzt anrichtest. Da draußen. Niemand darf dich sehen!« De Botte wies mit der Hand zum Höhleneingang und dachte an Vilem. Er konnte sich zwar nicht vorstellen, dass Nerina etwas damit zu tun hatte, für Felsbrocken konnte sein Wirken nicht gelten, aber sicher war er sich nicht.

»Ich muss die Chronistin sprechen«, sagte De Botte zu Dakota. »Es ist dringend.«

»Sie ist nicht da.«

»Großartig«, seufzte De Botte und fuhr sich mit beiden Händen übers Gesicht und durch die Haare. »Also hast du Nerina so zugerichtet, die Chronistin hat ihren Posten verlassen und Vilem liegt auf dem Meeresgrund, weil ich ein paar Jahre nicht mehr der Bote sein wollte!?«

Dakota verstand gar nichts. Ein Bote war ihr nie begegnet und die Namen der Leuchttürme waren ihr neu. Vilem kam ihr bekannt vor, aber sie wusste nicht mehr, wo sie den Namen gelesen hatte. Die Wörter verschwammen zu einem Buchstabenbrei in ihrem Kopf.

»Ich bin ihre Assistentin«, sagte Dakota. Den Ausdruck hatte sie früher schon verwendet, für gewöhnlich begnügten sich die Leute mit dieser Bezeichnung und starrten sie nicht mehr so sehr an.

»Assistentin?« De Botte lachte schallend. Es war ein zynisches Lachen. »Das passt ja. Eine Türmerin und die Chronistin. Großartig.«

Dakota starrte den Fremden mit gerunzelter Stirn an. Sie studierte seine Hände, das bleiche Gesicht, versuchte, irgendetwas an ihm zu erkennen, mit dem Gelesenen der letzten Tage in Einklang zu bringen. Zum Schluss dachte sie nur: *Er könnte sich ja mal kämmen. Diese wirren Haare machen mich ganz verrückt.*

»Ich kann, was sie kann!«, sagte Dakota.

De Botte ergab sich. »In Ordnung«, sagte er und legte seine rechte Hand auf seine Brust. Er deutete eine Verbeugung an. »Hala, ich bin der Bote von Valer, ein Hüter der Worte, Wortführer der Gilde und Sprecher der Mutter. Ich bin hier, um Nerina …« De Botte stockte. »Alles für den Drachenfrieden«, flüsterte er und Nerina hörte ihn. Hörte, dass er die korrekten Worte nicht ausgesprochen und ihm eine Gnadenfrist gewährt hatte.

»Nerina muss zurück auf die dunkle Insel. Wenn er genesen ist, meine ich«, beeilte sich De Botte anzufügen. Er sah Dakotas erschrockenes Gesicht. Er hätte ihr gern erklärt, dass es zu Nerinas eigener Sicherheit war. Veränderungen machten den meisten Menschen Angst und das führte dazu, dass sie alles Neue niederschlagen wollten.

Wenn die Menschen damit fertig waren, sich gegenseitig zu bekriegen, jagten sie ihn, Nerina. Die Mutter war sehr deutlich mit ihren Anweisungen. Es galt, den Drachenfrieden zu wahren – und Nerina zu schützen. Die *Mutter aller Wasser* brauchte Nerina und es war seine Aufgabe, dass dem Dunklen nichts geschah. Nerina durfte nicht zu oft und nicht zu lange hier sein. Das war nicht gut. Für keinen von ihnen. Doch für lange Erklärungen war jetzt keine Zeit.

»Und dann brauche ich Hangamehs vier Scheiben. Ich brauche alle hier, die Seher, die anderen Boten. Die Chronisten«, sagte er. Dakota überhörte die Mehrzahl. Sie versuchte, zu verstehen, worum es überhaupt ging. »Vilem ist eingestürzt. Irgendjemand muss doch wissen, wie man einen Leuchtturm baut. Wie man ihn wieder aufbaut.«

»Ich habe darüber gelesen, über Türmerinnen«, sagte Dakota vorsichtig. Sie wollte nichts Dummes sagen.

»Zeig mir das Buch.«

Dakota wies dem Boten mit dem Zeigefinger den Weg ins Archiv. Ganz vorn im ersten Gang lagen noch die Bücher auf dem Boden, die sie die letzten Tage herausgesucht und gelesen hatte.

»Ich glaube, ich sollte erst deinen Drachen versorgen. Der sieht aus, als ob er gleich zusammenbricht.«

De Botte sah sich nach Walid um. Wie sehr er seinen Smok angetrieben hatte, wurde ihm jetzt erst klar. Der Drache war völlig erschöpft, er konnte kaum noch die Flügel heben. Doch dafür war jetzt keine Zeit.

»Ich kenne mich inzwischen aus mit Drachenpflege«, sagte Dakota leichthin und nickte De Botte zu. Der verschwand ins Archiv. Dakota gab dem Neuankömmling zu trinken, fütterte ihn, wie sie auch Nerina immer fütterte, und Walid nahm alles dankbar an. Er verschlang gierig, was sie ihm gab. Einen ganzen Krug Wasser, Wurzelgemüse, Algensuppe, Insekten in Honig. Er fraß, ohne zu kauen.

De Botte ließ die Bücher links liegen, um die wollte er sich später kümmern. Erst galt es, die vier Scheiben zu finden und eine Nachricht zu schreiben. Er entzündete eine Fackel und tauchte ein in die heiligen Hallen der Chronistin. Er war zwar der Bote, doch üblicherweise war es ihm nicht gestattet, das Archiv zu betreten. Hangameh hätte das nie zugelassen. Aber sie war nicht da. Alle Gänge des Archivs waren leicht abschüssig, De Botte musste aufpassen, nicht hinzufallen, während er eilig ging und die Holzregale absuchte. Die Fackel knisterte und sein Herz pumpte Angst in alle seine Glieder. *Wenn ich nun alles verbrenne, versehentlich, so wie dieses Mädchen Nerina verbrannt hat?,* dachte er besorgt. Er hielt die Fackel so hoch er konnte, die Decke aus Stein konnte nicht brennen. Er sah aber nur Bücher, große, kleine, in Leder gebundene, manche ohne Einband, da und dort lagen lose Blättersammlungen, mit einer Kordel zusammengefasst. Als er das dritte Mal abbog, sah er etwas … ein braunes Tuch, das einen Gegenstand verbarg, das ein Buch sein konnte, aber vielleicht auch etwas anderes. De Botte rupfte das Tuch hastig ab, warf es hinter sich, Staub wirbelte auf, er musste husten. Er schob einen Stapel Bücher mit dem rechten Arm beiseite und griff vorsichtig nach dem Holzrahmen, der an der Steinwand lehnte. Da waren sie. Die vier Scheiben. Unbeschadet. Nicht wie sein Quadrus. Das war beschädigt und deshalb hatte er es nicht mitgenommen. Er leuchtete mit der Fackel, las die Nachricht eines anderen Wortwerkers. *Nerina ist frei.* De Botte keuchte vor Aufregung. Diese Nachricht hatte ihn hierher gebracht, obwohl eine seiner vier Scheiben und der Rahmen beschädigt waren. Wenn alles vorbei war, musste er es reparieren oder Ersatz finden. Er legte den Rahmen vorsichtig und flach auf einen Stapel Bücher zurück. Mit dem Ärmel wischte er die Nachricht weg. Dann klemmte er sich diese letzte Hoffnung unter den Arm und eilte in die Wohnstatt zurück.

Hangamehs Feder lag auf dem Schreibpult, genau in der Mitte der aufgeschlagenen Chronik. De Botte nahm sie, strich mit Daumen und Zeigefinger über die Außenfahnen, setzte sich dann an Hangamehs Platz, noch ein Vergehen, das sie ihm nie gestatten würde, und begann, auf die Scheibe der Gegenwart zu schreiben.

Vilem ist zerstört,
die Türmerin ertrunken.
Türmerinnen, kommt!

De Botte sah auf und beobachtete, wie Dakota seinen Drachen Walid versorgte, ihn streichelte, fütterte und ihm sogar half, sich zu säubern. Auf dem Feuer hatte sie Wasser erwärmt und mit einem Tuch wischte sie ihm über Kopf und Hals und Bauch. Walid genoss sichtlich die Behandlung, legte den Kopf in den Nacken und brummte wohlig.

»Du könntest mit ihm gehen«, sagte De Botte unvermittelt. Er hatte nicht vergessen, wofür er hier war, und er musste immer noch herausfinden, wo er Menschen fand, die einen Leuchtturm aufbauen konnten. Vielleicht konnte auch Vincent helfen. Wenn er mal nicht launisch war und eine Antwort gab. Doch gerade im Augenblick gefiel ihm, was er sah.

Dakota verlangsamte ihre Bewegungen, sah De Botte nicht an. Walid starrte ihn dafür ganz unverschämt an. Als wollte er sagen: *Was redest du da?*

»Ich meine Nerina. Du könntest mit ihm gehen.«

»Ist es möglich, dass er hierbleibt?«

»Nein.«

Dakota dachte an Hangameh. Und natürlich an Krywult und Rem. Sogar an die drei Kinder von Morins Schwester. An Videt. An den Lärm in den Höhlen, das Zusammenleben der Kustener.

Wenn ich einen Drachen hätte, dachte Dakota traurig, *müsste ich mich nicht entscheiden. Dann könnte ich zwischen allen hin- und herfliegen, all das haben.*

»Du brauchst keinen Drachen«, sagte De Botte, »nur ein Boot. Das reicht.«

Krywult, dachte Dakota, er wollte ihr eines bauen.

»Keinen Drachmaster«, sagte De Botte. »Es müsste etwas größer sein, stabiler. Für dich.«

De Botte stand auf und holte den Stapel Bücher herbei, von dem Dakota gesagt hatte, er wäre hilfreich. Er schlug das erste Buch auf und begann zu lesen. Mit dem Finger auf dem Papier sagte er: »Kannst du heute Nacht zwei Drachen versorgen?«

Dakota nickte. »Natürlich.« Walid und auch Nerina starrten den Boten unverwandt an.

»Ich werde zu Vincent gehen. Ich will mit der Türmerin sprechen und Hilfe holen.«

Er wusste noch nicht, wie er sie dazu bringen sollte, herauszukommen und mit ihm zu sprechen. Vielleicht waren die Geschichten auch alle nicht wahr: Leuchttürme, die miteinander kommunizierten, ein blaues Horn. Aber er musste es versuchen. Es war seine Pflicht.

***

Melih Dor ging gebückt, mit der Fackel in der Hand, und versuchte, seine Angst zu bezwingen. Vor diesem Schritt hatte er sich immer gefürchtet, ihn hinausgezögert, darüber geredet, so lange es ging. Nun war er mit den Erddrachen hier unten in dem Tunnel, den sie in vielen Nächten bis heute gegraben hatten. Er war alt, ein furchtsamer Mann. Er scheute den Konflikt, nicht Holosch. Hier unten durfte kein Fehler passieren. Melih Dor atmete durch den Mund, die Fackel knisterte leise. Oben, über sich, hörte er den Wettkampf, die Zuschauer johlten. Er versuchte, kontrolliert zu atmen, schloss immer wieder die Augen, um sich selbst zu bezwingen, flüsterte: »Es wird schon gut gehen« und positionierte sich schließlich. Sein Platz war links, ein Spaten lag bereit. Die Erddrachen, vier an der Zahl, platzierten sich auf der rechten Seite. Melih Dor legte die Fackel auf den Boden, seine Hände zitterten, sein Rücken schmerzte, weil er einen weiten Weg gebückt zurückgelegt hatte, und nun hoffte er, Tibor wäre rechtzeitig da, um ihn zu holen.

»Bei allen Lichtern, Nilofar darf nichts geschehen«, flüsterte er. Dann hörte er das Signal.

»FEUER! FEUER! FEUER!«

Das Chaos brach aus, so wie geplant, und Melih Dor schnappte sich den Spaten und begann, so fest er konnte, nach oben zu stoßen, er musste durchbrechen, in die Arena gelangen und seinen Teil erfüllen.

Für einen Feuerdrachen war es schwer, die Regeln zu missachten. Alles wäre leichter gewesen, wenn die verdammten roten Bänder nicht in den Baumwipfeln flattern würden.

Fujo und die anderen mussten diese Scheu überwinden. Wenn sie die Drachen aus Einar retten wollten, blieb ihnen nichts anderes übrig. Mit ihren großen Flügeln hatte Fujo noch immer Kummer, wenn sie landen musste. Ihre Drüsen und ihr Feuer hatte sie aber perfekt im Griff. Und wie Melih Dor es ihr eingeschärft hatte, setzte sie nur die Schaukeln auf dem Marktplatz in Brand. Kein Haus, keinen Menschen.

Es schaukelte niemand, die Wettkämpfe in der Arena waren in vollem Gang und die Zuschauer alle dort. Ein gezielter Strahl und noch einer. Alle vier Schaukeln brannten lichterloh. Leichter Schneefall setzte ein, doch was nützte ein bisschen Schnee, wenn ein Dutzend Feuerdrachen über einem Dorf kreiste?

»Sie greifen uns an!«, brüllten die Leute, eben noch starke Zuschauer, nun in einen eigenen Lebenskampf verwickelt. Sie rannten durcheinander, verwirrt. Sollten sie um ihr Leben rennen oder doch den Brand löschen? »Jetzt rächen sie sich!«, schrie eine Frau. Zusammengekauert hockte sie auf dem Boden und beobachtete apathisch das Geschehen um sich herum.

Die Feuerdrachen kreisten, stießen herab, gaben erneut Feuer. Nilofar war nicht bei Fujo. Zuvor, in der Nacht, als sie heimgekehrt war und den Plan gehört hatte, verließ sie erneut die Höhle, ohne jemandem etwas zu sagen. Die freien Drachen, die sie Ambro bei Nacht gezeigt hatte – wie lange war das her? – sie tummelten sich wieder auf der Anhöhe, als würden sie dort ein kleines Fest feiern. Nur die Lichter schauten zu und der alte Mond. Sie schickte Fujo zu ihnen, sie wollte sie nicht erschrecken. Als Fujo ihr Gehör hatte, trat Nilofar aus dem Schatten der Nacht ins helle Mondlicht, erhob die Hände und bat um Hilfe. Nicht nur für sich, nicht nur für die Drachen in Einar, die sie kannte. Für alle.

»Ihr seid auch in Gefahr. Wenn sie euch hier finden, werden diese Männer und Frauen versuchen, euch zu fangen«, sagte Nilofar. Sie sprach leotrisch und Fujo übersetzte, kollerte die Worte. Es wäre ein Frevel, sie mowarisch anzusprechen, ungefragt, unverbunden. Das hier waren keine Drachen ihrer Gemeinschaft. Dass sie nicht sofort auf und davon geflogen waren, als sie sich zeigte, grenzte an ein Wunder. »Ihr habt Bobbi sicher gehört. Seinen Warnruf. Jeder Drache in der Umgebung hat ihn gehört.«

Fujo war furchtbar erschrocken deswegen und hatte Nilofar sofort davon erzählt; ein fremder Drache, so weit weg. Und Odd hatte am Feuer lange darüber gesprochen, von seiner Ankunft in Einar, der Flucht. Die ganze Geschichte.

Nilofar stand vor drei freien Drachen. Zwei ausgewachsenen und einem etwas jüngeren, sie standen nebeneinander und hörten aufmerksam zu. Nilofar setzte sich, erzählte, was in Einar vor sich ging und was sie dagegen zu tun gedachten. Die drei schwiegen. Nilofar erwartete keine Antwort, keine Wörter oder Erklärungen. Dass sie sich nicht abwandten, reichte im Moment.

»Wir brauchen eure Hilfe. Je mehr wir sind, umso besser.«

So kam es, dass um die Mittagszeit, als die Schaukeln brannten und Melih Dor sich durch die letzte Schicht Dreck kämpfte, um die Erddrachen durch den Tunnel in die Freiheit zu führen, der ganze Himmel voller Drachen war. Etwa dreißig aus Melih Dors Gemeinschaft. Und noch jede Menge freie. Die Feuerdrachen stürzten hinab, es galt, Ketten zu schmelzen und Käfige aufzubrechen.

Die Drachen kollerten. Ihr tiefes Brummen war meilenweit zu hören. In Einar gab es Drachen in Ketten, Drachen in Käfigen und Drachen, die wegen eines Versprechens, einer Zeremonie nicht wagten, zu fliehen, obwohl sie keine Ketten um den Hals trugen.

Odd rannte mit seinem Hammer von Baumhaus zu Baumhaus, er und viele andere. Sie läuteten die Glocken, in jedem bewohnten Baum hing eine, und die Feuerbringer kamen zu Hilfe. Wenn die Ketten rot glühten, schlug Odd mit aller Kraft zu. Er hob die Arme weit über den Kopf und schlug das schwere Werkzeug mit aller Kraft auf ein einzelnes Kettenglied. Funken stoben, seine Hände zitterten, jeder Schlag waberte durch seinen Körper. Bobbi schnappte sich den ersten befreiten Drachen, Fior den nächsten. Danach machten andere Flieger weiter, Odd rannte, läutete, schlug zu. Er war schweißgebadet und müde. Aber es war noch nicht vorbei.

Zerfass Kern, der Mann, der Norwin ein Messer mit Rosenholzgriff in den Rücken gerammt hatte, stand an der Tür seines Baumhauses. Ein handloser Arm ruhte in einer Schlinge. Seine Kleidung war schäbig, er sah aus, als hätte er das Baumhaus lange nicht verlassen. Sein Körper trug Narben, mehr, als er zählen konnte. Aber er war immer noch da. Er sah seine Schaukeln brennen, sah Freunde von sich, die Wasser in Eimern vom Brunnen zur Brandstelle trugen. Die Holzkonstruktionen waren groß, die Flammen schlugen hoch. Und über ihm im Baumwipfel saß sein Smok und hörte zu. Die Drachen in ihren Käfigen waren schon lange verstummt, die Sprache der Drachen war in Einar fast völlig verschwunden. Wehklagen half nichts, es blieb nur noch Schweigen. Nun aber flogen Drachen hoch oben über Einar im Kreis, als wäre

Holosch gekommen, und sie durchbrachen die Stille. So wie Bobbi kurz zuvor. *Versteck dich. Gefahr.*

Das galt doch für jeden von ihnen. Sie wehklagten nicht, das Feuer auf dem Marktplatz war kein Menschengrab, es war ein Neuanfang. Es gab niemanden zu betrauern. Der Drache im Baumwipfel sah ein letztes Mal auf seinen Broder hinab, dann breitete er seine Flügel aus. Er wollte helfen.

Lasst die Drachen fliegen, kollerte er.

Konnte ein Drache nicht mehr fliegen, wurde er von einem anderen getragen.

***

Melih Dor wehrte sich tapfer mit Fackel und Spaten gegen die Männer, die versuchten, die Erddrachen am Weglaufen zu hindern. Er brüllte: »Fort mit euch!« und hielt das Feuer seiner Fackel vor wütende Gesichter, drohte mit dem Spaten zuzuschlagen und traute sich nicht, wirklich damit auszuholen. Er wollte keinem etwas zuleide tun. Er und die anderen, das waren doch nur Bauern, Handwerker, Menschen, die keinen Drachen in Ketten sehen wollten. »Seid doch vernünftig«, rief er, »ihr wollt diese Kämpfe doch gar nicht.« Als der letzte Erddrache aus der Arena in dem Loch verschwunden war, ließ er die Arme müde sinken.

»Tibor!«, flehte er. Sein Smok sollte den Stein bringen, fast ein Findling. Groß genug, um den Tunnel zu versperren, klein genug, um ihn noch zu tragen.

Melih Dor bekam einen schweren Schlag ins Gesicht und fiel zu Boden.

Der Tunnel ist noch offen, dachte er. Dann wurde alles schwarz um ihn.

***

Bäume brannten – ohne Häuser. Tannen und winterlich kahle Laubbäume. Alle roten Bänder waren verschwunden, verbrannt, in Luft aufgelöst, als hätten die Feuerdrachen sie abreißen müssen, um tun zu können, was nötig war. Immer mehr Drachen kreisten über dem Dorf, es dauerte, bis alle Käfige aufgebrochen und die Gefangenen davongetragen waren. Einar war erfüllt von Feuer, Chaos und Geschrei. In der kalten Luft flirrten Funken, die Angst war fast greifbar. Zerfass rührte sich nicht. Er sah seinem Smok nicht einmal nach. Melih Dors Gemeinschaft war mit Hämmern und Werkzeug in die Häuser eingebrochen, Nilofar mit ihnen. Sie zertrümmerte die Glocke, wenn wieder einer befreit war, zerschlug Schlösser, löste Halsbänder und flüsterte: »Flieg los.«

Odd keuchte schwer, seine Muskeln zitterten, Nilofar und er nickten sich zu. »Das waren alle«, sagte das Mädchen. Odd ließ seinen Hammer fallen. Er wollte nur noch schlafen. Ausruhen, hier weg. Er drehte sich um, wollte das Dorf zu Fuß verlassen. Nilofar pfiff nach ihrer Drachin. Odd ging davon, mit gesenktem Kopf. Die Bewohner von Einar starrten die Eindringlinge fassungslos an. Anfangs hatten sich noch ein paar von ihnen gewehrt, die Fäuste erhoben mit den Worten: »Nein, diesen Käfig zerschlägst du nicht.« Odd musste nur den Hammer heben, dann trat derjenige beiseite. Es half natürlich, dass jedes Mal ein ausgewachsener Drache hinter ihm stand, drohend mit abgespreizten Flügeln und geöffnetem Maul. Nun starrten sie ihn an, die Bewohner von Einar, die nicht weggelaufen waren. Fior war es, die Odd entdeckte, zwischen all den Menschen entdeckte, müde wie er war. Aus

Hunderten erkannte sie ihn, seine Art zu gehen und die Schultern hängen zu lassen. Sie hatten es geschafft. Fior kam zu ihm geflogen. Sie war sich ihrer Krallen bewusst, jede einzelne machte ein leises Geräusch, eine Art *Tock* auf seiner Brust, als sie seinen Oberkörper mit ihren Vorderpfoten umschloss. Sie hob ab, es war vorbei. Vorerst.

Tibor kam und verstopfte den Tunnel mit einem grauen Stein. Er war nicht rund, nicht glatt, sondern hatte scharfe Bruchkanten. Das Ungetüm sackte halb in den Tunnel ein, verschloss die Öffnung und sah dann so aus, als hätte ein Eisriese es hier gelangweilt fallen lassen. Die Drachen im Tunnel rannten um ihr Leben, brachten immer wieder Stellen hinter sich zum Einsturz. Keiner sollte ihnen folgen. Tibor hob Melih Dor vorsichtig hoch und trug ihn heim.

Am Schluss, ganz am Schluss, war der Himmel voller Drachen und in Einar kein einziger mehr.

IN DEN HIMMELSBERGEN

Ambro zählte die Tage nicht mehr. Früher hatte ihm das Zählen ein Gefühl von Sicherheit gegeben, von Ordnung, es hatte ihn beruhigt. Sie waren zu lange unterwegs. Norwin rannte, Ambro nickte manches Mal ein, das monotone Geschaukel auf Norwins Rücken machte ihn schläfrig. Tagelang starrte er die Himmelsberge an und hatte doch das Gefühl, sie kämen nicht näher. Norwin versicherte immer wieder: *»Bald.«*

Und dann stieg das Gelände merklich an, so lange, bis Norwin Halt machte und sagte: *»Du musst absteigen. Ab hier kletterst du besser selbst.«*

Ambro verstand sofort, was Norwin meinte. Er brauchte Hände und Füße, um da hinaufzukommen.

»Wenn wir ein Seil hätten …«, begann er, verstummte aber, als er Norwins Gesichtsausdruck sah.

»Da muss man mit seiner eigenen Hände Kraft hinauf.«

»Du hast ja leicht reden, du Kletterdrache«, maulte Ambro.

»Es gibt ein paar Stellen, dort haben Männer Haken in den Fels geschlagen, mit Schlaufen dran.« Ambro sah nach oben, er schirmte seine Augen mit der Hand ab. *»Stell dir vor, du hast fünf Kinder.«*

»Oder mehr«, brummte Norwin. *»Mutter sagt, es gab einen, der war zwölf Mal hier.«*

»Zwölf?« Ambro schüttelte den Kopf.

»Ja, für jedes Sternbild ein Kind.«

Ambro kicherte. Die Vorstellung gefiel ihm. *»Ich würde meinen Sohn niemals Fuhrmann nennen.«*

»Komm«, sagte Norwin. Es gab mehrere Wege hinauf, je nachdem, aus welchem Teil Leotrims die Männer kamen, wählten sie die Ost- oder die West-Route.

Ambro entdeckte einen schmalen Pfad, von vielen Vätern ausgetreten und Norwin ging voraus. Linker Hand fiel der Hang schroff ab. Ambro konzentrierte sich auf seine Füße, auf jeden Schritt. Norwin hielt seine Nase in den Wind und die Ohren in alle Himmelsrichtungen. Er war angespannt.

Bald verschwand alles Grün, es gab keine Pflanzen mehr, die in Felsspalten wuchsen, kein Moos mehr auf dem Gestein, Ambro hörte keine Vögel mehr, der Wind pfiff ihm um die Ohren und zerzauste sein Haar. Er gelangte an eine Stelle, die er allein nicht bewältigen konnte. Sein Vater würde wohl sagen: »Dafür bist du noch zu klein.« Sein Vater war aber nicht hier. Norwin postierte sich nah an der Felswand, die vor ihnen aufragte, und Ambro kletterte auf seinen Rücken. Er stellte sich auf die Schultern seines Smoks. Ambro stand auf den Zehenspitzen und versuchte, mit ausgestreckten Händen die nächste Kante zu erreichen, der Weg ging dort oben weiter. Ein erwachsener Mann konnte sich hochhangeln und einfach weitergehen. Ambro nicht. Norwin richtete sich langsam auf, Ambro stand immer noch auf seinen Schultern. Er bekam die Kante zu fassen. Doch er rutschte ab, kleine Felsstückchen rieselten herunter, Steinstaub hüllte ihn ein. Ambro verlor das Gleichgewicht und stürzte. Norwin versuchte, ihn noch zu fassen, doch der Pfad war schmal, Norwin nicht schnell genug, Ambro entglitt ihm.

So war das also, aus seiner Sicht, dachte Norwin noch und hörte Blätterrauschen und Äste knacken, die Geräusche seines Falls vom Amberbaum damals. Ambro hörte keine Blätter, keine Äste, nur seinen Schrei und das Klacken kleiner Steine, die herabfielen wie er.

Er fiel nicht sehr tief und schlug dumpf auf einem weiteren Pfad auf, unterhalb von dem, den er gegangen war. Er stöhnte. Eigentlich wollte er weinen, ihm tat alles weh, doch er bekam keine Luft in seinen Körper. Der Aufprall hatte alles aus ihm herausgepresst.

Aus einer Höhle, rechts von Ambro, kamen mehrere Drachen, angelockt von dem Lärm, den er machte. Die einzigen freien Drachen, die Ambro je gesehen hatte, waren jene, die Nilofar ihm bei Nacht gezeigt hatte. Die waren jung, freundlich, arglos gewesen. Er wusste nichts über Drachen wie diese hier, unnütz geworden wie die Drohnen eines Bienenvolkes. Ambro erinnerte sich plötzlich an seinen Freund Jori und daran, wie oft sie über die Himmelsberge gesprochen hatten. Für sie beide waren Bären das Gefährlichste, was einem Vater hier begegnen konnte. Sie hatten das Wort ›Bären‹ langgezogen und unheilvoll gesagt. Aber eigentlich hatte er keine Vorstellung davon gehabt, wie es hier aussah, welche Gefahren an diesem Ort lauerten. Olafur war unterwegs gewesen, um Norwin zu holen, und Ambro hatte an einer Angst gelitten, die er nicht benennen konnte, unbestimmt und dunkel. Es könnte etwas passieren, er wusste nur nicht, was.

Nun war er hier, ging schmale Pfade, kletterte ohne Seil, seine Hände taten ihm weh, die Muskeln zuckten, er war müde. So müde. Er fühlte sich unwissend und dumm, schlimmer als je zuvor. Wie naiv er losgegangen war, er konnte es selbst nicht fassen. Er blieb liegen. *Vielleicht bin ich wirklich noch zu jung für all das hier,* dachte er. *Zu klein.*

In den Bergen war es laut, erst jetzt nahm er den Lärm wahr. Irgendwo rauschte Wasser, sehr viel Wasser, tief hinab. Der Wind pfiff, scharf und kalt, Kies knirschte unter den Pfoten der Drachen, die näher kamen. Bedrohlich näher kamen.

Ambro wusste nichts über Höhlen, deren Gänge und Tunnel nicht zur *Mutter aller Wasser* führten. Er wusste nichts über alte, sterbende Drachen, die hier auf Holosch warteten, auf ihr Bett in Olins Feuer. Ambro drehte den Kopf. Sein Gesicht war staubverschmiert, er hatte Tränen in den Augen und sah nur verschwommen, was da auf ihn zukam.

Norwin sprang.

Nicht gleich. Er zögerte kurz. Er breitete seinen gesunden Flügel aus, langsam. Er war kein Flieger. Er staunte selbst über das dunkelblaue Ungetüm zu seiner Rechten. Er nahm sich ganz bewusst wahr; Oberarm, Unterarm, Flügelhand und die Schwungfedern. Er streckte alles aus, spielte mit der Beweglichkeit. Die Federn raschelten leise.

Dagegen sein anderer, verkümmerter Flügel – ihm fehlten die Schwungfedern. Daumenfittich und Deckfedern reichten nicht aus, um zu fliegen. Er konnte den Flügel nicht ausstrecken. Irgendetwas war blockiert, etwas schien im Weg zu sein, er bekam die Schwinge nicht vom Körper weg, in ihrer ganzen Tragfläche.

Norwin sprang.

Ohne Schrei, mit offenen Augen – diesmal waren da keine Äste, keine Blätter, die seinen Sturz mildern konnten. Da waren nicht einmal Pan Domdars Hände, die ihn losließen. Da war nur Angst. Um Ambro. Er musste ihn verteidigen. Er musste unten ankommen, heil ankommen, und er flatterte hektisch mit dem deformierten Flügel, seine Bemühungen klangen wie dünnes Papier, eine Art *flap-flap-flap.*

Und Norwin dachte: *Papier, das passt ja.*

Und Ambro fühlte es: *Papier, das passt ja.*

Norwin trudelte. Der große, gesunde Flügel ließ ihn zu Boden kreiseln, diesmal war es kein Sturz, dieses Mal fiel er nicht wie ein Sack Kartoffeln zu Boden. Trudeln war nicht fliegen. Trudeln war aber auch nicht abstürzen. Es war etwas dazwischen.

Norwin landete mit allen vier Pfoten auf dem Felsabsatz, auf dem Ambro lag, schlitterte noch etwas, weil der Weg abschüssig war, strauchelte, ließ die Flügel ausgebreitet und drohte, so wie die wilden Feuerdrachen Ambro drohten, mit offenem Maul, mit Gebrüll, mit Wut und Hunger und ein bisschen Verwunderung.

Was war das hier?

Sie starrten einander an. Die drei Roten standen hintereinander, sie bewegten ihre Köpfe auf und ab, sie wirkten wie ein Geschöpf mit drei Köpfen. Ambro lag zwischen Norwin und den Angreifern, ein Häufchen Elend. Hände und Arme hatte er sich zerschrammt. Selbst im Gesicht hatte er Spuren, die linke Wange hatte er sich beim Sturz aufgerieben. Schweiß, vielleicht auch Tränen, rannen ihm in die Wunde, es brannte, er meinte, das Feuer der Drachen hätte ihn schon erwischt. Er blieb am Boden, geduckt.

Norwin hatte Zeit, zu bemerken, dass sein deformierter Flügel der Felswand zugewandt war und er nur deshalb hier mit ausgebreiteten Flügeln stehen konnte, weil der kleine, deformierte Flügel nicht mehr Platz brauchte. Der andere ragte, blau und groß, über den Rand.

Ambro wischte sich mit dem Ärmel über die Augen und sein Gesicht. Auch er sah es: Die Felswand, Norwin, den schmalen Pfad und den gesunden Flügel mitten im hellblauen Himmel. So weit oben waren sie schon.

»Bleib liegen«, zischte Norwin und stieg über Ambro hinweg. Er drängte die drei zurück, seine Erscheinung verunsicherte sie. Die Roten versuchten wie er, ihre Flügel auszubreiten, stießen aber immer wieder an die Felswand, wirkten dabei ungelenk, es gelang keinem von ihnen, einen Flügel auszubreiten, wie es Norwin tat. Beide Schwingen, oder keine.

Das ist mein Broder, kollerte er, *und nicht euer Abendessen.*

Einer der drei antwortete: *Das ist unsere Höhle. Haut ab!*

Niemand macht sie euch streitig. Wir gehen weiter, sagte Norwin bestimmt.

Was will der Bengel hier?, fragte ein anderer. *Dich umtauschen?*

Der Dritte schnaubte. *Der ist selber noch ein Kind, der kriegt kein Ei von der Mutter.*

Das ist mein Broder, drohte Norwin.

Die drei zogen sich in ihre Höhle zurück. Ambro rappelte sich auf, holte tief Luft und hustete, bis ihm Hals und Brust wehtaten.

»Bist du verletzt?«, fragte Norwin. Ambro schüttelte den Kopf. *»Geht schon. Wir müssen weiter.«*

Und nach einer Pause fragte er leise: *»Wollten die mir wirklich was antun?«*

Norwin sah zur Höhle hin, die drei waren nicht mehr zu sehen. *»Ich weiß es nicht. Vielleicht.«*

HIER. JETZT.

Hangameh stand am Fenster und sah draußen die Welt vorbeiziehen. Ihre Hände lagen auf der Fensterbank. Sie hielt sich fest. Yaris schaukelnder Gang war ihr nicht geheuer.

Nev gesellte sich zu ihr, stand breitbeinig wie ein Seemann und hielt die Hände auf dem Rücken verschränkt.

»Schläfst du auch so viel?«, fragte sie.

»Anfangs ja«, sagte Nev. »Ich versteckte mich hier. Ruhte aus, ließ meine Wunden heilen«, und er meinte nicht die Blutergüsse unter der Haut.

Hangameh wusste Dinge, manchmal. Sie wusste, dass sich Nev vor dem *da draußen* fürchtete. Sie wusste, dass er bald die Tür öffnen musste, hinausgehen und mehr tun, als nur zu schauen, wie alles vorbeizieht. Würde er es nicht, er wäre ein Gefangener seines eigenen Lebens. Hangameh verstand das nur zu gut. Ihr ging es genauso. Yari brachte sie zur anderen Küste. Doch die Tür öffnen musste sie selbst.

»Sind sie verheilt?«

»Fast. Ich habe hier gestanden wie du und gesehen, was Leotrim bereithält. NevNev, ich meine Amon, er hätte gehen können. Nach Hause, du weißt schon, in die Berge. Aber er tat es nicht. Er sah hinaus, als wäre da noch was. Ich hatte das Gefühl, ich verpasse etwas. Also habe ich auch geschaut, aber dabei nur wenige Fragen gehabt.«

»An Yari?«

»An Leotrim.«

Hangameh schwieg.

Nev sprach weiter, langsam, bedächtig. »Dieser Junge ...«

»Ambro?«

»Ja. Der hatte viele Fragen. Er war hier. Und er ging wieder. Einfach so.«

Hangameh sah Nev fragend an. Der beugte sich zu ihr hinab und flüsterte: »Er hat sie nicht gebraucht. Da, wo er hinwill, geht er hin. Er folgt seinem eigenen ...«

Nev brach ab, seine Stimme versagte ihm. Er räusperte sich.

Hangameh fragte: »Wir beide brauchen Yari?«

»Wir kennen den Weg nicht«, sagte Nev. Seine Stimme klang belegt, als wäre er erkältet.

»Vielleicht habe ich den Weg nie gekannt«, sagte Hangameh, mehr zu sich als zu Nev.

»Ja, vielleicht. Ich hab ihn vergessen. Amon«, sagte Nev und sah zu dem Drachen hin, der ihnen aufmerksam zuhörte, »erinnert sich nicht mal an seinen Namen.«

»Er *will* sich nicht erinnern. Ich *kann* mich nicht erinnern«, sagte Hangameh und sah ebenfalls zu Amon.

Sie hatte kein Gestern. Nev hatte kein Morgen. Noch nicht. Und Yari brauchte nichts davon. Sie war einfach da. Hangameh dachte lange über Nevs Worte nach, über Ambro, der das eigentümliche Haus, das ein Herz war, irgendwie das Herz von Leotrim war, betreten und ohne nachzudenken wieder verlassen hatte.

Yari hatte den Milchwasserfluss überquert und den Selbstmörderwald hinter sich gelassen, auf dem Weg Richtung Süden. Hangameh hatte alles verschlafen, genau wie Nev und Amon. Sie dachte nicht eine Sekunde an ihre Karte, die sie Ambro gegeben hatte, es interessierte sie nicht, wie welcher Wald oder Ort hieß und ob Yari einen Umweg machte, wegen der Brücken, die sie zum Überqueren des Flusses brauchte. Hangameh fand es schön, sich endlich einmal keine Sorgen machen zu müssen und Yari einfach machen zu lassen. Die Tage waren kurz, aber erfüllt.

Die Landschaft zog weiter an ihnen vorbei, es war kein Mensch zu sehen, kein Drache, kein Baumhaus, kein einziges rotes Band im Wind, kein Feld, Zaun oder Brunnen. Hangameh sah rechter Hand diesen Zipfel von Leotrim, an dem sich kein Mensch niedergelassen, nichts verändert, vergiftet oder zerstört hatte. Ihr Ziel war noch fern und Yari ging weiter nach Süden. Hangameh bemerkte die Besonderheit nicht. Sie sah die Schönheit, aber nicht das Besondere. Hier schützte sich Leotrim selbst und war frei von jedem Einfluss. Yari ging weiter, ohne eine Spur zu hinterlassen. Müsste Yari ihr Zuhause in eine Karte eintragen, es wäre die Küste hinter dem Selbsmörderwald. Der schönste Ort, den sie kannte.

***

Hangameh erreichte Lone am Tag der Wintersonnenwende. Die ganze Küste entlang brannten schon die Leuchtfeuer, viereckige, mannshohe Türme aus Holz. Jedes Dorf baute einen solchen Turm und üblicherweise wurde immer wieder Holz nachgelegt, um die längste Nacht des Jahres mit Licht zu erhellen.

»Li-jus«, flüsterte sie. »Alles für die Lichter.« Sie hätte gern selbst eine Fackel entzündet und sich zu den Menschen gestellt, als wäre sie eine von ihnen. Das hatte sie noch nie getan, sie fand, es wurde endlich Zeit. Sie mochte die Lieder und die Tänze. Mützen und Umhänge wurden mit Trockenblüten geschmückt, Hagebutten, Disteln und Weidenkraut.

Aber sie hatte keine Zeit. Mersan wartete auf sie. Yari hatte abrupt angehalten.

Du bist hier.

Du bist jetzt, schrieb eine Feder in eine Chronik.

Hangameh war bis hierhergekommen, ganz ohne Schmerzen, ohne Ohnmacht. Gut, sie hatte viel geschlafen, vielleicht war das Yaris Geheimnis. Sie fragte nicht nach. Sie war angekommen und staunte. Alles sah ein klein wenig anders aus als bei ihr zu Hause, das Gestein der Küste war schmutzig-weiß. Selbst bei Nacht, im Feuerschein, war das deutlich zu erkennen. Und das Meer war nicht giftig, sein Geruch nicht beißend. Sie konnte nicht sagen, ob es gesund war – der Morgen würde die Antwort bringen. Doch sie roch den Unterschied, sie roch frischen Tang, Fisch und Salz. Das war nicht unangenehm.

»Wieso ist hier alles anders?«, fragte sie. Doch Nev und der Drache wussten keine Antwort. Wie Hangameh standen sie am Fenster und schauten hinaus. Sie kannten den Anblick schon, sie waren mit Yari weit herumgekommen.

»Ich glaube, unsere Reise endet hier«, sagte Nev.

»Ja«, antwortete Hangameh, verstand aber nicht recht.

»Wir brauchen Yari nicht mehr. Amon und ich. Wir werden uns hier niederlassen. Wurzeln schlagen, wie man so schön sagt.« Nev lächelte schief und Hangameh sah erstaunt zu ihm auf. Sie nickte und hing ihren Gedanken nach.

»Ja, so ist das wohl. Jede Reise hat irgendwann ein Ende. Und dann …«

»… braucht man einen Platz, ein Feuer, ein Heim«, ergänzte Nev.

Hangameh dachte an Ambro und lächelte. »Ja.«

Die beiden Nevs, die nun zusammen Nev und Amon waren, verabschiedeten sich leise von Yari und Hangameh. Im Schein der Leuchtfeuer schwärmten sie aus wie Bienen, die sich einen neuen Platz für ihr Nest suchen.

Hangameh sah einen alten Mann zwischen all den Menschen stehen, er trug keine Fackel und sah als Einziger nicht aufs Meer hinaus, sondern ins Landesinnere, zu ihr. Er hielt seine Hände vor dem Bauch gefaltet und lächelte sie an, als würden sie sich kennen.

Hangameh ging langsam auf ihn zu, betrachtete ihn von oben bis unten. Seine braunen Augen ruhten auf ihr, er wirkte sehr alt und gleichzeitig nicht. Sie war irritiert. Er hatte dunkelblaue, weite Leinenhosen an, aber keine Schuhe. *Es ist doch kalt,* dachte Hangameh. Aber sie ging auch oft barfuß, zu Hause in ihrer Höhle. Dort war der Boden warm und glatt.

Mersan trug ein grünes Hemd mit Knopfleiste, der Kragen klaffte weit auf. Seine Handgelenke waren von roten Armschützern bedeckt, solche wie Bogenschützen sie verwendeten. Er sah aus wie jemand, der an einem Sonnentag ein Picknick machte, zufrieden und satt. Er hatte braunes, schulterlanges Haar und einen gepflegten Vollbart, von silbergrauen Sprenkeln durchzogen. Trotz des Bartes konnte Hangameh sehen, dass er lächelte – ohne Falten. Seine Statur und seine Haltung waren die eines alten Mannes, doch seine Haut war so glatt wie die eines Jungen.

Sie suchte seine Kleidung ab, musterte ihn, er musste wie sie zwölf Perlen haben oder etwas Ähnliches. Mersan griff in den Ausschnitt seines Hemdes und holte eine Kette hervor, wie um sich zu erkennen zu geben. Hangameh streckte die Hand danach aus, berührte erst die olivfarbenen Perlen, dann zählte sie die Perlen mit der Farbe von Lachs.

»Zwölf«, sagte sie leise.

»Endlich«, sagte er, »ich dachte schon, wir treffen uns nie.« Er hatte eine warme, dunkle Stimme, wie Waldhonig.

»Warum jetzt?«, fragte Hangameh unvermittelt.

»Du warst bereit. Wer hat dich aus deiner Höhle gelockt?«

Hangameh dachte über diese Worte nach. Hatte sie sich verändert? Sie war doch noch dieselbe wie immer – sie veränderte sich doch nicht. *Ambro,* wollte sie antworten. Entschied sich aber anders.

»Nerina war bei mir«, sagte sie schließlich. »Wirkt er auch auf mich?« Sie dachte daran, wie Nerina bei ihr gewesen war, wie er Silván heimgebracht hatte. Es schien alles sehr lange her zu sein und doch war es nur eine kleine Zeitspanne.

Mersan zuckte die Schultern und lächelte vergnügt. »Vielleicht.«

Hangameh war viel kleiner, als er sie in Erinnerung hatte. Mersan ging in die Hocke, um ihr in die Augen sehen zu können. Sie war in der ganzen Zeit kein Stück gewachsen. Nur ihr Haar war länger.

»Hat sich dein Leben denn beim letzten Mal verändert?«

Mersan kannte die Antwort, schließlich war er Chronist. Er wusste Dinge, manchmal.

Hangameh wurde blass. Die Erkenntnis stürzte auf sie ein, in ihr drinnen tobte ein Kampf um Vernunft, Gefühl, Wissen und Dakota. Mersan meinte die Geschehnisse vor 16 Jahren. Nerina war damals bei ihr gewesen. In einem Dorf war der Brunnen ... sie erinnerte sich vage, sie hatte ihre Chronik nicht zur Hand. Menschen und Drachen waren umgekommen, es waren viele. Das Wasser war schlecht, der Grund vergiftet und Olin rief nach Nerina. Nicht die Mutter. Hangameh schloss die Augen, versuchte sich zu erinnern. An die Details. Das Brunnenwasser war giftig geworden wie das Meer. Irgendwo, tief unten, musste sich das Meerwasser mit dem Grundwasser vermischt haben und dann ...

»Beim letzten Mal, also kurz darauf, fand ich am Strand ein kleines Kind.«

»Eines, das ein Zuhause gebraucht hat?«

»Ja.«

Hangameh atmete lange aus, versuchte, Zeit zu gewinnen, was unsinnig war.

»Du bist die Zeit«, sagte Mersan. »Ich bin die Sprache. Wir gehören zusammen.«

Hangameh nickte, als würde sie verstehen.

»Mora ist bei dir und Mowa ist bei mir. Wir, kleine Hangameh, wir halten hier alles zusammen.«

»Und Yari?«, flüsterte Hangameh.

»Sie verbindet uns.« Mersan hätte ihr gern mehr gesagt. Aber manchmal war es besser, zu schweigen. Er war ihr einen Schritt voraus. *Vielleicht sogar zwei,* überlegte er, während er sie musterte. Es war lange her, dass er sie zuletzt gesehen hatte, und damals war es nur ein flüchtiger Augenblick gewesen. Sie kannten einander nicht und nun gab es viel zu besprechen. *Alles zu seiner Zeit,* dachte er. Mersan führte wie sie eine Chronik und besaß eine Feder. Eine besondere, die ein Eigenleben führte. Mersan hatte sich vor langer Zeit für Mowa entschieden, für seine Arbeit. Es war eine leichte Entscheidung gewesen, im Gegensatz zu Hangameh konnte er sich erinnern, er hatte Worte für das, was passiert war. Und, was noch wichtiger war, er hatte auf die erste Seite der Chronik seine Geschichte geschrieben. Wenn er Zweifel an seinen Erinnerungen hegte, wenn sie verblassten und sich davonstehlen wollten, konnte er nachlesen, wer er war. Er hatte fast ein ganzes Leben gehabt, bevor er der Chronist des Westens wurde. Doch sie war ganz allein gewesen, ein Kind, übrig in den Kriegswirren. Verloren. Mora hatte sich ihrer angenommen, während sich die *Mutter aller Wasser* in den Himmelsbergen versteckte. Es war ein seltsamer Augenblick gewesen, die Vergangenheit war noch nicht alt, die Zukunft noch nicht gedacht, doch so etwas sollte nie wieder geschehen, da waren sich alle einig. Mersan ging mit Mowa.

»Du musst alles aufschreiben, das ist jetzt deine Aufgabe«, hatte sie gesagt, *»mit dem, was noch da ist.«* Viel war es nicht mehr nach der gewaltigen Zerstörung, nach dem Feuer. Mersan erinnerte sich, vermisste aber nur wenig.

Als er Hangameh zuletzt gesehen hatte, barfuß, verdreckt, mit leerem Gesichtsausdruck, sah er ihr an, dass ihr Gedächtnis seine Arbeit tat: alles Vergangene in eine Kiste packte, gut verschloss und sie dann in der hintersten Ecke ihres inneren Archivs verstaute. Es war alles noch da, doch Hangameh hatte schon wenige Tage später vergessen, wo sich diese Kiste befand. Vergessen, dass sie existierte. Mersan musste behutsam vorgehen.

Die Chronik war eine Sache, seine Wörterbücher eine ganz andere. Und dann war da noch die Karte von Leotrim. Die eine, die alles beinhalten sollte. Er, das Papier und die Feder waren in Streit geraten, sie waren sich nicht einig über das, was tatsächlich da war. Er schrieb auf, wie die Dinge hießen, aber schon bei den Konturen von Leotrim weigerte sich die Feder, seinem Handstrich zu folgen. Manchmal verschwand die Tinte vor seinen Augen. Entweder seine Augen täuschten sich oder seine Hand war nicht imstande zu zeichnen, was er sah. Er war kein Kartograf. Also schickte er die Karte auf Reisen, gab sie weiter in der Hoffnung, sie möge an den Richtigen geraten. Irgendwann war sie bei Hangameh gelandet. Mersan wusste Dinge. Manchmal. Er nickte unmerklich und lächelte. Dass Hanagmeh nun hier war, bedeutete, die Karte war wieder auf Reisen. Das war gut, das war richtig.

Er tat seine Arbeit als Chronist, notierte aber zusätzlich Wörter, die an ihn herangetragen wurden wie reifes Obst. Begierig ließ er sich diktieren und buchstabieren, er schrieb lange Listen, beobachtete, wie neue Wörter entstanden, auftauchten und in den Sprachgebrauch übergingen. *Drachenfrieden,* das war so eines. Bei ihm im Westen tauchte es irgendwann auf, in Geschichten, die schon alt waren, als er sie zum ersten Mal hörte. Von Feuer zu Feuer erzählt, in den Abendstunden, geflüstert und ehrfürchtig weitergetragen: *Ein irrer Drache im Osten und giftig gewordenes Meerwasser, vom Blut der Drachen getränkt.*

Heute ist es ein altes Wort, lange her. Drachenfrieden. *Nerina,* dachte Mersan, *vielleicht erzählt gerade jetzt eine Ahne am Feuer vom Drachenfrieden und meint dich, wenn sie vom irren Drachen erzählt. Dabei hast du nur die Veränderung gebracht, den Wandel der Geschichte, letztlich ... mich.*

»Da sind wir nun«, sagte er zu Hangameh und schluckte schwer. Diese ein oder zwei Schritte, die er schon gegangen war, standen ihr noch bevor. Zu gegebener Zeit würde er ihr seine Wörterbücher zeigen, seine langen Listen, die er angelegt hatte, seine Chronik der mowarischen Sprache.

Hangameh würde immer ein Kind bleiben. Sie mochte altern, vielleicht sogar die Zeit spüren, wenn sie weit genug von Mora entfernt war. Doch ohne Wurzeln, ohne Vergangenheit oder Zukunft konnte niemand erwachsen werden. Bei ihm war das anders. Die Sprache veränderte sich dauernd. Altes und Neues verband sich, ergab neue Wörter, andere verschwanden. Es gab viele, die standen nur noch in seinen Büchern und wurden nicht mehr genutzt. Das machte ihm aber nichts aus. Manchmal verwendete er eines, das er gerne mochte, in einem Gespräch und schaute dann zu, wie es die Küste hinauf und hinunter wanderte, bis jemand zu ihm kam und das Wort zurückbrachte. Es war ein Kreislauf. Es war schön und nie zu Ende.

»Du kannst überall hin, jederzeit«, sagte Mersan leise, als wäre es ein Geheimnis. Er wollte sie nicht drängen oder bevormunden. Sie gehörte an die Ostküste, zu Mora. Er fand es nur fair, ihr endlich zu sagen, dass sie eine Wahl hatte. Gleichzeitig hoffte er inständig, sie möge sich für Leotrim entscheiden. Wer konnte sagen, was daraus wurde, ohne sie?

Hangameh war erschlagen von ›überall‹ und ›jederzeit‹. Das eine war groß und das andere viel. Und Mora hatte ihr gesagt, dass sie sterblich war, außerhalb ihres Einflusses. Sie wusste nicht, ob sie das wollte. Wer würde dann ihre Arbeit machen? Dakota? Vielleicht würde sogar alles weitergehen, ohne sie. Konnte Leotrim seine kleine Chronistin vergessen, wenn sie nicht mehr war?

»Die Zeit funktioniert anders, da wo ich bin.« Hangameh flüsterte. Bis jetzt konnte sie niemandem begreiflich machen, wie das geschah. Selbst Ambro hatte es nicht wirklich verstanden.

»Ich weiß«, sagte Mersan, »du bist hier. Du bist jetzt. Und das ist gut.«

Mersan stand auf, reichte Hangameh die Hand. »Komm, lass uns zu den anderen gehen und das Lichterfest feiern. Morgen werden die Tage wieder länger. Wir haben viel zu bereden.«

SILVÁN – IMMER WIEDER SILVÁN

Die meisten Lebensgeschichten enden mit dem Tod. Ein paar wenige nicht einmal dann.

Ambro setzte sich in den Schneidersitz auf den warmen Boden. Er war überrascht, er hatte erwartet, das Gestein würde kalt und ungemütlich sein, aber der Boden strahlte Hitze aus, der ganze Berg kam ihm lebendig vor. Er saß vor der Mutter, sie sah auf ihn herab und ihm war sehr bewusst, wie winzig er aussehen musste im Vergleich zu ihr. Und wie er sie betrachtete, versuchte er, ihre Größe zu begreifen, die Halle selbst. Er sah viele kleine Nester um sich und Ammen, die ständig in Bewegung waren. Kleine Drachen drückten sich in Nischen, damit er sie nicht sah, andere schauten neugierig und trauten sich sogar, auf ihn zuzukommen. Doch sie wurden sofort von einer Amme geschnappt und zurück in ihr Nest getragen. Er fand sie süß und tollpatschig und versuchte, sich vorzustellen, dass auch Norwin einmal so ein kleines Knäuel aus Dunen gewesen war, das versucht hatte, seine Flügel auszubreiten, und ganz unabhängig von seinem deformierten Flügel das Gleichgewicht verloren hatte, vornüberkippte, auf der Nase landete und mit den fünf Fingern, die jeden Flügel formten, überhaupt nicht zurechtkam.

Ein kleiner, vorlauter Kerl, völlig angstfrei und so selbstbewusst, wie nur ein Toddler sein konnte, einer, der noch nie gestürzt war, kam Ambro ziemlich nahe. Doch er bekam seine Flügel, die er in seiner Aufregung ausgebreitet hatte, nicht wieder an ihren Platz. Die Kralle, die er in einigen Jahren geschickt wie einen Daumen würde einsetzen können, kratzte über den Stein, er wimmerte und zappelte hektisch, bis eine Amme ihm energisch half, alles an seinen Platz zu räumen, zupackte und ihn davontrug.

»Sie«, brummte die Mutter. Ambro erschrak wie früher, wenn Norwin das mit ihm gemacht hatte – seinen Gedanken folgen. Er war ganz in seine Beobachtungen versunken gewesen.

»Das Drachenmädchen heißt Niall. Es will dich unbedingt kennenlernen.«

Ambro sah die Mutter neugierig an. Sie war so groß und die runden Höhlenzugänge zur Halle waren so klein. Ohne zu fragen und dennoch sehr sicher über seine Entdeckung nahm er an, dass sie die Halle schon seit Jahren nicht mehr verlassen hatte. Kein Zugang war groß genug für sie. Die Mutter war hier gefangen, sie huschte nicht wie die Ammen, überhaupt tat sie alles sehr langsam, sehr bedacht. Selbst ihre Stimme war gedämpft, es kam ihm vor, als würde sie flüstern. Er fragte sich, ob sie jeden Winkel im Berg erreichen konnte, wenn sie die Stimme erhob, ob sie jeden Gang füllen könnte und jeden Drachen befehligen, der hier lebte.

»Ja«, sagte sie.

»Kann ich das verhindern?«, fragte er Norwin.

Norwin sagte nichts. Er wirkte sehr glücklich. Die Ammen und die Mutter hatten ihn begrüßt, mit ihren Nasen angestupst und liebkost. Freudig begrüßt, als wäre er ein Leben lang weg gewesen.

»Du denkst mowarisch und nein, du kannst nicht verhindern, dass ich dich höre. Ich bin die Mutter aller Wasser!«

»Gibt es einen Drachenvater?«, fragte Ambro schnell.

Die Mutter schnaubte.

»Ihr Menschenkinder seid die Väter der Drachen«, sagte sie und beugte ihren Kopf herab, um Ambro direkt anzusehen. Er konnte sich gespiegelt in ihren Augen erkennen.

»Also ist die Geschichte wahr, die mir Hangameh erzählt hat? Baako und Kande?«

»Nein.«

»Wie ist es dann gewesen?«

»Warum sollte ich dir das erzählen?«

Ambro dachte darüber nach. Ja, warum eigentlich? Musste er das als Kartograf wissen?

»Ich muss wohl erst ein Vater werden«, sagte er.

»Niall ist der Smok deiner Schwester. Deine Mutter geht schwanger.«

Ambro wollte sich freuen. Aber die Eifersucht stach ihm tief in die Brust. Dieser Toddler war rot. Feuerrot. Mit zwei perfekten Flügeln. Sein Vater würde bekommen, was er sich immer gewünscht hatte. Eine Feuerbringerin, eine Erbin.

»Bin ich deshalb hier? Du hast mich gerufen«, sagte Ambro und wollte tapfer klingen. Er wollte endlich Antworten. Die Reise hierher war lang gewesen.

»Ich habe nicht dich *gerufen.«* Die Mutter sprach mowarisch mit ihm und sie klang, als wäre sie in ihm drin auch noch enorm groß. Er konnte nicht sagen, ob sie ein Erd- oder ein Flugdrache war. Es erschien ihm nur logisch, dass sie von allen Drachenarten etwas an sich hatte. Ihre Haut war braun und blau gleichzeitig. Ambro runzelte die Stirn.

»Norwin«, sagte die Mutter, wie nur eine Mutter das sagen konnte.

Norwin trat einen Schritt vor, sah zu ihr auf.

»Was?«, fragte Ambro verwirrt.

»Leotrim braucht einen neuen Kindshüter.«

Ambro erschrak. Norwin nicht.

Ambro erinnerte sich all der Dinge, all der Geschichten, die er über Silván wusste. Dessen Broder, der erste, war nicht erwachsen geworden, er starb als kleiner Junge. Und dann die Zwillinge. Birk und Bark. Sie hatten verzichtet – auf ihren Anspruch, wenn es denn einer war. Sie, Bark, hatte ihn selbstlos gehen lassen, damit er der Smok eines anderen Kindes sein konnte. Die Gedanken und die Angst nahmen Ambro in Besitz, umschlangen ihn, schnürten ihn ein, dicke Seile mit vielen Knoten wickelten sich um Beine, Brust und Hals. Er befürchtete, entweder ein Leben ohne Norwin führen oder gar sterben zu müssen, damit Norwin die Aufgabe erfüllen konnte, die Leotrim und die Mutter für ihn bereithielten. Und dann dachte er, in das Gewirr hinein, dass es richtig war. Wer konnte das Anderssein schon so gut verstehen wie Norwin? Er war gütig und klug, Norwin war wie geschaffen dafür, jemandem ein Zuhause zu sein, der sonst nirgends Platz hatte.

Leise Tränen gingen ihren Weg, wie Wasser das immer tat. Ambro nickte, schluckte schwer und wollte nicht fragen. Er schluckte das »Und ich?« hinunter, sein Hals tat weh, er erstickte fast daran. Die Muskeln arbeiteten hart, er biss die Zähne aufeinander. Es ging nicht um ihn. Ambro schwieg und starrte zu Boden. Silván. Immer wieder Silván. Norwins Weg war silbern wie ein Streifen gediegenen Erzes in einem Bergwerktunnel. Schön, in einer harten Welt.

***

Hangameh saß auf dem Boden in Mersans Höhle, nahe des Eingangs, mit Blick aufs Meer. Sie hatte sich eine schwere Decke aus Wolle um die Schultern gelegt, in der Mitte des Raumes knisterte ein Feuer in der Schale. Mersans Chronik lag vor ihr und die Feder, dieses eigentümliche Ding, begann zu schreiben. Hangameh schaute hin, mehr aus Gewohnheit als Interesse. Sie sah, wie die Feder den Namen des neuen Kindshüters schrieb und ihr stockte der Atem. Die Tinte war noch nicht trocken. Sie wagte nicht, das Papier anzufassen, sie wagte nicht, zu atmen. Irgendwann würde sie es wieder müssen, doch im Moment hielt sie still, ihr Körper verweigerte ihr jeden Dienst. Und sie dachte: *Ambro, jetzt bist du wie ich.* Sie fand, er war zu jung, es war zu früh.

»Viel Zeit hatten sie nicht«, sagte Mersan, der plötzlich hinter ihr stand und ebenfalls die Worte las. Er legte seine Hände auf ihre Schultern. Hangameh genoss die Wärme, die von Mersan ausging.

***

»Ihr habt noch ein Stück gemeinsamen Weges vor euch. Aber ich kann euch nicht sagen, wie viel Zeit euch bleibt«, sagte die Mutter. »Dann wird der eine Karten zeichnen und Geschichten schreiben und der andere wird Brüder haben und Schwestern für Leotrim. Jeder wird tun, was zu tun ist.«

»Ich weiß«, sagte Norwin. Er flüsterte fast und sah Ambro nicht an. *»Silván hat es mir gesagt.«* Norwin stockte, schluckte schwer und sprach mit geneigtem Kopf: *»Am Tag unserer Verbindungszeremonie.«*

Ambro staunte, der Mund stand ihm offen, es brauchte einen Moment, bis die Worte ihren Weg gegangen waren. Er hörte, was Norwin sagte, verstand die Bedeutung und Tragweite seiner Beichte, fühlte, wie sein Körper reagierte, kribbelte, vom kleinen Zeh bis zum Haaransatz. Es war nicht Angst, die durch seine Adern floss. Ambro konnte es nicht einordnen, er war erstarrt und gleichzeitig brannte eine Glut in ihm, einem Vulkan gleich, der ausbrechen wollte.

»Er hat mit dir geredet, das hab ich gesehen.«

Norwin nickte kaum merklich.

»Drachensprache«, stieß Ambro hervor.

Norwin riskierte einen Blick, hin zu seinem Broder. Er sah ... Anerkennung in dessen Gesicht. Staunen. War das Freude?

»Du hast es die ganze Zeit gewusst?«

»Ja.«

Ambro dachte nach, starrte vor sich hin, lächelte und schüttelte im gleichen Moment den Kopf.

»Gut, dass du es mir nicht gesagt hast. Das hätte mich ganz verrückt gemacht.« Und Ambro lachte. *»Du bist der neue Kindshüter. Du fliegst auf deine Weise.«*

Ambro hing einen Moment seinen Gedanken nach, die Stille tat ihnen allen gut. Die Mutter schaute auf Norwin hinab, sie wusste, dass sie kein Kind lieber haben sollte als das andere, aber sie durfte sich mehr Sorgen machen – um ihn. Er war nicht wie die anderen.

Norwin sah sich derweil um. Die Ammen saßen rundherum in ihren Nestern, alle mit mehreren Eiern betraut. Seine Amme Moun hatte er schon entdeckt, aber er wollte noch jemanden sehen. Es gab den Kindshüter für Menschenkinder, aber keinen für übrige Drachen. Und wenn Drachen wie Nantwin ein bestimmtes Alter erreicht hatten, mussten sie die Himmelsberge verlassen. Frei sein bedeutete auch Abschied.

Ambro wusste nichts von Nantwin und Norwin würde es ihm nicht sagen. Das war, wenn überhaupt, Smillas Angelegenheit. Dann entdeckte er ihn, seinen Drachenbruder, zwischen all den Ammen. Nantwin grüßte, kurz und kehlig. Das genügte. Irgendwann würden sie sich da draußen in der Welt begegnen.

»Ich bin unnütz geworden. Wie eine Drohne im Bienenstock«, sagte Ambro gerade. Er klang traurig.

»Nein«, antwortete Norwin. *»Hangameh hat dafür gesorgt, dass du eine Aufgabe hast.«*

»Sie hat es auch gewusst, stimmts?«

»Natürlich. Sie ist die Chronistin. Aber ich glaube, sie hat befürchtet, dass sie es dir sagen muss.«

Ambro nickte. Sein Gesicht brannte. Nicht nur wegen der Schrammen, die er sich bei seinem Sturz zugezogen hatte. Er atmete tief durch. Dann versuchte er, wieder der Junge zu sein, der er in Burry gewesen war. Neugierig, mit tausend Fragen.

»Also, Baako und Kande. Wie war das, Mutter aller Wasser? *Und Yari? Was ist sie? Und dann Dakota. Die beiden Nevs? Weißt du eigentlich, was in Einar mit den Drachen passiert?«*

»Langsam, Ambro. Eins nach dem anderen.«

»Heißt das, du antwortest mir?«

»Natürlich.«

Ambro war baff. Antworten, endlich. Doch wo anfangen?

»Du weißt von Zerfass und der Arena?«

»Ja.«

»Warum tust du nichts?«, platzte Ambro heraus. Seine Gefühle schlugen Purzelbäume.

»Was soll ich tun? Feuer ausbringen von Nord nach Ost? Alles niederbrennen?«

Ambro stutzte wegen der Formulierung. Von Nord nach Ost – das hatte er schon einmal gehört. Der irre Drache?

»Du? Hast du das getan?«

»Ja.«

Ambro versuchte, zu begreifen, was er gerade gehört hatte. Er schloss die Hände zu Fäusten, presste die Finger zusammen, bis sie schmerzten, löste diese Haltung wieder auf. Feuer war für vieles eine Lösung. Er hatte manche Nacht darüber nachgedacht, Zerfass zu verbrennen. Seinen Namen zumindest. Er war so wütend – gewesen? War das vorbei? Ambro sah zu Norwin hinüber. Der erwiderte seinen Blick.

»Hast du je ein Leben getragen?«, fragte die *Mutter aller Wasser.*

Er verstand schon, dass sie die Frauen meinte, die mit ihren Kindern schwanger gingen. Doch er dachte an Norwin, der ihn getragen hatte, auf seinem Rücken. Er war um ihr beider Leben gelaufen. Norwin hatte Ambro getragen, als er selbst nicht gehen konnte. Er glaubte, etwas vom Tragen eines Lebens zu verstehen und nickte stumm.

»Nicht alle Leben sind gleich viel wert. Das Leben deines Kindes ist dir mehr wert als das eines Fremden. Ich mache meine Kinder zu euren. Damit sie wichtiger werden.«

»Zerfass hat keine Kinder?«

»Nein. Er war noch nie hier.«

»Also ist alles eine Lüge?«

»Ist es wirklich eine Lüge?«, fragte sie. *»Dein Vater war hier. Dein Vater hat Norwin für dich ausgesucht. Seid ihr nicht verbunden? Seid ihr keine Brüder?«*

Ambro betrachtete Norwin, er legte ihm die Hand auf den Rücken, bedeckte die schwarze Narbe.

»Doch.«

»Menschen erzählen sich Geschichten. Sie wollen sie hören und glauben. Ob sie wahr sind, spielt keine Rolle. Baako war der Erste, er schickte andere Männer, die er überzeugen konnte. Und dann kamen weitere. Jedem, der kam, gab ich einen Drachen.«

Der Rest ist Geschichte, dachte Ambro. Die Menschen bezogen Höhlen und Baumhäuser, banden rote Bänder an die obersten Äste. Und abends am Feuer erzählten sie sich Geschichten.

»Also bist du mit einem Drachen geflogen wie eine Bienenkönigin mit ihren Drohnen?«

»Ja.«

Ambro starrte auf den Boden vor sich, biss die Zähne zusammen.

»Das, was ich getan habe, Ambro, hat das Meer giftig gemacht, ich bin die Mutter aller Wasser. *Es ist meine Schuld. Ich habe die Chronisten bestimmt, damit nichts vergessen wird. Mein Feuer hat die Vergangenheit ausgebrannt und ich habe beschlossen, mich mit den Menschen zu verbinden, statt weiter zu töten.«*

»Kannst du es wieder heilen?«

»Es heilt. Aber nur langsam.«

Ambro dachte plötzlich an seine Drachenkunde. Es schien ihm ewig her, dass er diese Schulaufgabe begonnen hatte. Er nahm sich vor, sie noch einmal zu schreiben, aus dem Gedächtnis, und auch zu ergänzen, was er an neuem Wissen dazugewonnen hatte. Er wollte vorbereitet sein. Wenn er die Gildehalle und die Hüter der Worte fand, wollte er ein Schriftstück und eine Karte vorweisen können, quasi als Beweis dafür, dass er zu ihnen gehörte.

»Wirst du dieses Geheimnis wahren?«, fragte die *Mutter aller Wasser.* Es war sehr still in der Halle. Selbst die Toddler zappelten nicht, keine Amme hatte Mühe, ihre Mündel im Nest zu halten.

Ambros Hand lag immer noch auf dem Rücken seines Smoks. Norwin strahlte Wärme aus, und Zuversicht.

»Es wird immer Menschen geben wie Zerfass. Oder Nevs Vater. Ich kann nicht jedes Mal die Welt niederbrennen.«

»Hat es irgendetwas gebracht, was ich für die beiden Nevs getan habe?«

»Du hast ihnen geglaubt, dich für sie eingesetzt. Also ja.«

Ambro dachte nach. Wo wäre er jetzt ohne Norwin? Was für ein Mensch? Er wäre der Chronistin nicht begegnet. Er wusste nicht, wer er wäre.

»Ich behalte es für mich«, sagte er schließlich und sah zur Mutter auf.

ES GEHT WEITER, IMMER WEITER

Ambro!«, rief Olafur. »Ich habe dich gefunden.«

Olafur sank auf die Knie und breitete die Arme aus. Er war müde und zerschrammt, mindestens so sehr wie Ambro. Zögerlich ging Ambro auf seinen Vater zu, er konnte nicht glauben, was er da sah.

»Was machst du hier?«, fragte der Junge verwundert. Er musste ja nicht gerettet werden. Er kam von der *Mutter aller Wasser,* mit vielen Antworten, nicht allen. Das Leben würde noch ein paar Antworten für ihn parat haben. Die musste er, das hatte er inzwischen gelernt, selbst finden. Es gab kein Buch, keinen Menschen und auch keinen Drachen, der alles wusste. Vielleicht war das ganz gut so.

Olafur ließ die Arme sinken. »Deine Mutter schickt mich, ich soll dich heimbringen. Du kommst zu spät zum Abendessen, mein Lieber«, witzelte er.

Ambro lächelte. »Ja, das stimmt. Ich hatte hier noch was zu tun.«

Olafur nahm das Gesicht seines Sohnes in beide Hände, fuhr ihm durchs Haar, untersuchte jeden Kratzer, zählte Arme, Beine, Ohren, Finger und Zehen.

»Ist noch alles dran, an dir.«

»Alles noch dran«, sagte Ambro. »Ich bin jetzt der Kartograf – nein, eigentlich noch nicht. Aber ich will das werden. Ich muss zu den Wortwerkern. In der Gildehalle kann ich meine Ausbildung machen.«

»Und wo, bei allen Eisriesen, ist die?« Olafur fand, Ambro sei gewachsen, größer geworden, aber so lange war er nicht weg gewesen, das konnte nicht sein.

»Ehrlich gesagt weiß ich das nicht. Auch etwas, das ich die *Mutter aller Wasser* hätte fragen sollen. Jetzt, im Nachhinein, fallen mir noch tausend Sachen ein.«

»Du hast sie gesehen?«

»Natürlich, du etwa nicht? Du warst doch schon zwei Mal hier.«

Olafur blieb das Lachen im Halse stecken. »Zwei Mal, ja.«

»Niall ist schon geschlüpft. Sie ist sehr niedlich. Und gesund.«

Olafur schüttelte den Kopf. »Bist du gesund, geht es dir gut? Was machst du hier?«

»Oh, ja. Norwin ist der neue Kindshüter.«

Olafurs Miene versteinerte sich. Norwin. Er sah den Drachen hinter Ambro stehen. Norwin musste nicht mehr von unten zu ihm aufschauen. Wenn er sich aufrichtete, konnten sie sich in die Augen sehen. Olafur hatte sich so sehr um Ambro gesorgt, dass er Norwin beinahe vergessen hatte. Aber was sollte die beiden auch trennen? Für ihn gehörten sie untrennbar zusammen, sie passten aufeinander auf, es war doch ganz natürlich, dass der eine den anderen mit einschloss. Ambro, das war immer auch Norwin.

Der Drache war wirklich gewachsen, ein ganzes Stück. Seine Haut war dunkler geworden, er hatte alle Züge, alles Weiche eines Toddlers verloren. *Er, der neue Kindshüter?* Olafur starrte den Himmel an, als wäre es augenblicklich so weit.

»Das geht nicht. Du bist doch noch ein Kind«, stammelte Olafur. Und an Norwin gewandt: »Was wird aus Ambro? Ihr zwei müsst doch ...«

»Keine Sorge, Papa, ich werde deshalb nicht tot umfallen. Norwin und ich haben noch ein bisschen Zeit.« Ambro lächelte seinen Vater aufmunternd an.

»Und dann? Was passiert dann? Mit dir? Ihm?« Olafur starrte von einem zum anderen.

Ambro legte seinem Vater die Hand auf die Schulter und erhob den Zeigefinger, so wie es Melih Dor immer tat, wenn er zu einem von seinen Vorträgen ansetzte.

»Ich lass ihn frei«, sagte Ambro und zeigte mit dem Finger nach oben, »an dem Tag, an dem er für jemand anderen da sein muss. Und danach geht es auch irgendwie weiter. Es geht immer weiter.«

Ambro nahm seinen Vater bei der Hand. Olafur schaute auf seinen kleinen, erwachsenen Sohn hinab und wunderte sich. *Was so eine Reise mit einem Menschen macht,* dachte er.

»Komm«, sagte Ambro und ging den schmalen Pfad voraus. Olafur folgte ihm. In seinen Gedanken formte sich eine Zukunft. Sie würden heimkehren zu Smilla und wenn erst seine Tochter geboren war, würden sie diese Gildehalle suchen und eben dort leben. *Dein Weg mit meinem,* dachte Olafur, *das schließt auch die Kinder mit ein.* Ihr Leben war ein geflochtenes Seil und nur zusammen waren sie stark. *Reißfest.*

»Wortwerker«, murmelte er. »Was es nicht alles gibt.«

»Papa, wusstest du eigentlich«, fragte Ambro, »dass es eine Flüssigkeit gibt, die dich nach Norden ausrichtet?«

»Nein, das wusste ich nicht.«

»Ja, und wenn du nach Süden willst, musst du rückwärts laufen.«

Olafur lachte. »Sag bloß, du hast Humor entwickelt, auf dem Weg hierher?«

»Ich glaube schon«, sagte Ambro und begann zu erzählen.

***

Die Zukunft ist ein leiser Gedanke, ein kleines Vielleicht, verbunden durch Ereignisse, wie die Lichter am Himmel, die zusammen ein Bild ergeben.

EPILOG

Das ist nicht das Ende.

Das ist ein neuer Anfang.

Der Drachenfrieden ist gewahrt, ein kleiner Augenblick, gewebt in den Teppich aus Zeit.

Und wir, die Lichter, haben es gesehen.

Und dann?

Die Türmerfrauen machen sich auf den Weg. Es gilt, einen Leuchtturm aufzubauen, obwohl eine von ihnen fehlt. Unersetzbar fehlt. Der Turm muss leuchten, muss den Blick kreisen lassen, ins Land und auf das Meer hinaus, er muss gesehen werden. In der Tiefe der Nacht.

Hangameh kehrt zurück in ihr altes Leben, mit Yari als Freundin, mit Mersan als Verbündetem. Sie hat viel zu erzählen. Und wenn sie an Ambro denkt, dann weiß Yari, wohin sie gehen muss.

Dakota bleibt. Zwischen den Welten, ein Zwischenwesen. Nerinas Wunden heilen, verwachsen mit Dakotas Wegen, sie bleiben zusammen, fliegen einen halben Bogen, von Kusten zur dunklen Insel und zurück. Krywult baut ein Boot, eine Zukunft. De Botte schweigt, er sagt die Worte nicht. Er weiß noch nicht, welche Auswirkungen das haben mag.

In den tiefen Bergen bekommt Smilla ein Mädchen. Aelia Brosa, die Erste.

Aelia hat einen Zwillingsbruder und der Himmel verfärbt sich einen Nachmittag lang lila.

WÖRTERBUCH

Smok: Drachenbruder bzw. -schwester eines Menschen
Broder: Menschlicher Bruder eines Drachen
Siostra: Menschliche Schwester eines Drachen
Kollern: Drachen sprechen mit Drachen, der Mensch versteht es nicht
Mowa/mowarisch: Drachensprache/in Gedanken
Leot/leotrisch: Mundart in Leotrim
Schlüpftag: Geburtstag eines Drachen
Großjährig: Erwachsen im Sinne von volljährig, von der Schule befreit
Entfernungen: gemessen in Meilen (berechnet durch Schritte und Flügelschläge)
Zyklen bzw. zwölf Monde: Jahre
Mond: Monat
Frühtage: Frühling
Sonnentage: Sommer
Spättage: Herbst
Dunkeltage: Winter
Höhlung: gut zugängliche, offene Höhle

Balm: Gesteinsnische oder Höhle unter einer überhängenden Wand

Die Schluft: Die große Halle der Mutter. Hier schlüpfen die Drachen

Drachmaster: Kleines Fischerboot mit einem Mast

Erdling: Hüter der Erde

Feuerbringer: Hüter des Feuers

Flieger: Hüter der Luft

Schwimmer: Hüter des Wassers

Wortwerker: Hüter der Worte

WICHTIGE WESEN UND SCHAUPLÄTZE LEOTRIMS

Hangameh: Die Chronistin von Leotrim

Mersan: Der Chronist von Leotrim

Dakota: Das Mündel der Chronistin

Ambro Gulur, der Erste (+ Flugdrache Norwin)

- Sohn von **Olafur Gulur** aus dem *gelben Wald* (+ **Feuerdrache Aidar**)
- Sohn von **Smilla Brosa** aus den *tiefen Bergen* (+ **Erddrache Tara**)
- Bruder von **Aelia** (+ **Feuerdrache Niall**)

Silván: Der einstige Kindshüter von Leotrim

- *Siostra* **Bark** und viele weitere Geschwister

Nev und **Flugdrache NevNev/Amon**

Das Haus Yari: Das Herz von Leotrim

Morin Krywult (+ **Wasserdrache Rem**)

Die Mutter aller Wasser

Olin: Vater des Feuers

Mora: Die Drachenschildkröte von Leotrim

Videt: Flugdrache. Hüterin des Hafens in Kusten

Drachenheim: Ort auf der Vulkaninsel Drachenwart

Nerina: Der dunkle Drache ist die Verbindung zwischen Drachenwart und Leotrim

Melih Dor: Imker, Feuerbringer aus Einar (+ **Feuerdrache Tibor**)

Nilofar Beza: Tochter von **Melih Dor** (+ **Feuerdrache Fujo**)

Zerfass Kern: Schaukelsteller aus Einar

De Botte: Einer der Boten und Wortwerker von Leotrim (+ **Feuerdrache Walid**)

Odd Domdar: Ehemals Lehrer in Burry (+ **Flugdrache Bobser**)

- Schwester **Odilia**, verstorben (+ **Flugdrache Fior**)

Watchyn: Eine der Türmerinnen

DIE LEUCHTTÜRME VON LEOTRIM (8)

1. **Vincent**. Der Sieger über das Leid.
2. **Velimir**. Der Frieden.
3. **Valer**. Gesundheit und Glück.
4. **Vilem**. Willensstarker Krieger.
5. **Vaiko**. Der Stille.
6. **Valmir**. Die gute Welle.
7. **Valtrim**. Der Mut.
8. **Vegard**. Der Beschützer.

DIE STERNBILDER VON LEOTRIM (12)

1. **Mora** – Die Drachenschildkröte
2. **Olin** – Der Vater des Feuers
3. **Roko** – Der Ältere
4. **Der Eisriese Lone**
5. **Die Bärin im Winterschlaf**
6. **Der Drache Taro**
7. **Kande**, die erste Mutter
8. **Der Jäger Baako**
9. **Der Fuhrmann mit vier Pferden**
10. **Nalani** – Die Weise
11. **Berrin** – Hüterin der Winde von Nord nach Ost
12. **Der Falke**

Drachenbrüder

Das Drachenvolk von Leotrim
Band 1

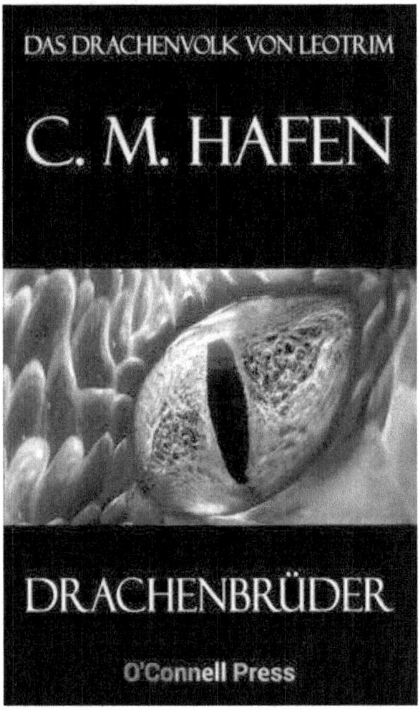

1. Band der Drachenreihe von C. M. Hafen
ISBN: 978-3-945227-25-1

Der Drache Norwin hat einen schwierigen Start ins Leben. Anfänglich hat sein halbgebürtiger Bruder Ambro Schwierigkeiten, etwas mit seinem Drachenbruder anzufangen. Die beiden passen nirgends hin. Jeder in Leotrim hat seinen Platz, seine Aufgabe. Diese beiden müssen nun selbst herausfinden, wofür sie gut sind.